JN011433

# 還って来た山頭火

## いま、私たちに何を語るのか

立元 幸治 著

# 還って来た山頭火

## ～いま、私たちに何を語るのか

# はじめに

〝生き辛い時代〟といわれて久しい。

暮らしの先行きや生きる意味を見出しがたい時代だ。

先頃、『君たちはどう生きるか』という本が話題になった。

本来、青少年向けに書かれたこの本が、若者から中高年まで年齢を超えて多くの読者を獲得したことは、大変興味深いことであった。このことは、「いかに生きるか」ということが、いまこの時代を生きる人々の大きな課題であることを物語っている。

混迷を極め、〝不透明〟といわれるこの時代、人々は戸惑いつつも、それでも、ひたすら日々の営みを続けるほかはない。

生き辛さを感じながら、そして先行きに仄《ほの》かな光も見出せぬまま、歩み続けるほかはない。

通勤の途上、電車を待ちながら、そして満員電車の中で、そして日々の激務の中で、あるいはリタイア後の日々の中で、そして家事の合間にふと立ち止まったとき、人々は何を考えるのだろうか。

生活があり、家族がある。いろいろなしがらみもある。そこから逃れることはできない。えも言われぬ寂寥感や不安に捉われることもある。

そんな時、ふと目にした、ある俳人の句や言葉が、そして温かいまなざしが、新鮮な響きと深い共感に誘ってくれる。

〝放浪の俳人〟とも呼ばれるその俳人は、独自の自由律の作風で知られる、あの種田山頭火である。

「あなたに会えてよかった」と、あらためて呟きたくなるのだ。

いま、まさに山頭火が新しいのだ。

家を捨て、妻子を捨て、漂泊の旅を続けながら、ひたすら自らの俳句の道を究め続けた俳人山頭火。時代や世の中から半分降りて、奇人とも言われ、異色の俳人とも言われながら、その発する言葉はどこか人々の心に深く訴えるところがあるのだ。

人生の壁や困難に直面したとき、失意や悲しみに打ちひしがれたとき、生きる意味を見失いかけたとき、あの山頭火がそっと寄り添ってくれるのだ。

実際、山頭火ほど評価の分かれる人物は稀だ。酒と旅をこよなく愛し、その生涯を句作と真実の自己の追求に貫いた漂泊の俳人として親しまれ、一方で社会からドロップアウトし、甘えと怠惰な自己中心の生涯を送った乞食坊主と非難される。

少なからぬ人が、山頭火に関して、「あゝ、あの異能の俳人か」と語り、そして「分け入っても分け入っても青い山」「うしろすがたのしぐれてゆくか」などの代表句を口にする。そしてそれ以上の興味を示すことがない。残念なことだ。

しかし、あらためて山頭火の句や言葉に向き合うとき、そこに、人生を深く見据えた鋭い感性、人間が生きるということはどういうことなのかという深い問い、そして弱き者へ寄り添う優しいまなざしに出会う。

そして、その生き方や句や言葉の意味をたどるとき、山頭火は単なる奇人や変人などとはとても思えない。むしろ、いまこの時代、その発せられる言葉は、ごく普通で平凡に生きる私たちにとって、人生の力強い伴走者ともなる。

いま、この閉塞感が深く漂い、生きづらい時代であるからこそ、山頭火を読み直し、味わい、共感することの意味は決して小さくない。

これまで、山頭火には何度かのブームがあったようだ。たとえば、昭和四十六・七年ごろがその一つである。

国文学者で『山頭火全集』の編纂者でもある高藤武馬氏は、それは高度成長の日本社会のひずみと無関係ではあるまいと書きつつ、「管理社会の中に繰り込まれた人間が、自己の存在感を見失いかけたとき、山頭火の歩いた一筋の道が、一服の清涼剤のような役割を果たしたものに違いない」と書いた。

同様に、このころの山頭火ブームについて、歌人・佐々木幸綱氏は、当時は高度成長期の真っ盛りで、効率優先で、役に立つ人材ばかりが求められ、役に立たないもの、無駄なものはどんどん排除されていく、それはおかしい、もっと自由に生きられないかという思いが多くの人にあり、放浪の山頭火ブームにつながったと思う、と書いている。（「朝日新聞」二〇一四年三月二十五日）

そのブームからおよそ半世紀――、不透明で厳しい時代を生きる現代人たちにとって、この言葉は、決して過去のものとは言いきれない側面がある。むしろ、今、この時代を生きる人々の生き辛さはますます加速しつつあるともいえる。

そんな時、山頭火が温かく語りかけ、そっと寄り添ってくれるのだ。

もちろん、市井の人々のそのような山頭火理解は皮相的という見方もあるだろう。

確かに、山頭火の背負った矛盾や生への問いには、もっと深くて重いものがある。その神髄の理解に至ることは容易ではないかもしれない。

しかし、初めから山頭火の深い理解には達しえないとしても、人それぞれの受け止め方があっていいのではないか。まず、山頭火がどこか気になる、心に響くものがある、という気付きから始まり、さらに句集や日記などを読み込みながら、それぞれの思索と解釈を深めていけばいいだろう。

先の七〇年代に比べて、私たちを取り巻く環境はどれほど改善されただろうか。過度の成果主義、過労死、自殺、ブラック企業、パワハラ、伸び続ける平均寿命と老後不安……、人間の尊厳を否定するような、あるいは未来の不透明感を増幅するような事実に事欠かない。ますます深刻度を増していくように思われるのだ。

内外に課題が山積するいま、この時代に生きる人々の混迷と絶望は深まるばかりである。そうした声に応え得ない政治への苛立ちも深刻だ。

そんないま、なぜか山頭火が気になるのである。山頭火の言葉や句を再び繙いていると、それを一部の愛好家やファンの世界に閉じ込めておくことは残念極まりないことだという思いに駆られる。

山頭火については、かつて拙著（ちくま新書『「こころ」の出家』）で、ソローやユングらと共に取り上げ、論じたことがある。しかし、紙幅の関係で意を尽くし得ないところもあり、いずれ山頭火に関する単著を書いてみたいという思いはずっと引きずっていた。しばらく他の著作の執筆に追われていたが、それが今ようやく叶うこととなった。

山頭火はいつ読んでも、何回読んでもその新鮮さを失うことはない、そしてその都度、新しい気付きと発見に誘われる。

本書では山頭火の句に加えて、日記の言葉などをなるべく多く採録することにした。人それぞれが直接その言葉に接し、それぞれの人生に重ね合わせて読み込み、更に「全集」などへと読みを深め、山頭火との対話を深めてほしいという願いからである。

また本書では、大胆な引用や思いもかけない人物の登場が見られたりする。そうした自由な発想は、テレビの教養番組の制作に長く携わった筆者の出自によるものかもしれない。ある時はいささか牽強付会とも思えるところがあるかもしれないが、何卒ご寛恕いただきたい。

あらためて山頭火に接するとき、〝落ち着け、焦るな、無理するな、そのままでいい〟………、そんな言葉やフレーズが、日々を平凡に生きる、そして迷いつつも真摯に生きようとする人びとの心の奥に、深く、静かにしみ込んでくる。

そんな山頭火のメッセージは、戸惑いつつ生きる現代人への力強い応援歌となり、人生の伴走者となるのだ。

昭和が去り、平成が終わり、令和の時代になった。そして山頭火もまた遠ざかりゆくように思われる。

だからこそ没後八十年ともなる今、敢えてこの異能の俳人に拘《こだわ》りたくなるのだ。

そしてもう一つ、付記しておきたいことがある。

本稿の執筆が大詰めを迎えたころ、私たちは大きな試練に遭遇することとなった。それは世界を席巻する新型のコロナウイルス禍という問題であった。様々な厳しい事態に直面し、私たちは得難い体験をした。そして今なお続くその体験は、私たちに新しくかつ重い課題を提起するところとなった。それはウイルスとの過酷な戦いという課題にとどまらず、わたしたち個々人が、この貴重な体験を経て今後の新しい事態にどう対応していくべきなのか、その世界観や文明観、いわば自身の哲学や価値観をどう再構築していくかという課題である。

たとえば時代や社会の急速な変化にどう対応するかという一般的な課題から、仕事への向き合い方、消費に対する考え方、人生にとって本当に必要なものとは何か、そして人生における本当の楽しみ、充足の人生とは何か、病や老いや死にどう向き合うのか、本当の自分らしい自分の人生を生きるとはどういうことなのか、などなど、問いかけられた課題は重い。

そんな問いの幾つかに向き合うとき、以下の各章で取り上げる、あの山頭火の語った言葉や句やメッセージが、ささやかではあるが確かな示唆を与えてくれるように思えてくるのである。

とすれば、先に、「いま、山頭火が新しい」と書いたが、いま、その山頭火を読み直す意味が一層深くなったと思われるのだ。

# 目次

## 第八章　生きたくもないが、死にたくもない ——193

### ～生も死も、しなやかに受け止める



## 第九章　旅の終わりに ——213

### ～わが人生に悔いなし、と歌いたい

# 第一章　この旅、果もない旅のつくつくぼうし

## ～人はなぜ、放浪に憧れるのか

# さて、どちらへ行かう風がふく

代表作『放浪記』で知られる作家林芙美子は、この自伝的小説の中で「私は宿命的に放浪者である」と書きながら、

ああ生きることがこんなにむずかしいものならば、いっそ乞食にでもなって、いろんな土地土地を流浪して歩いたら面白いだろう。

（『放浪記』）

と書いている。

この言葉を聞いてハッとした。放浪行乞《ぎょうこつ》に明け暮れた山頭火と、どこか響き合っているように思われてならなかったのだ。

堀辰雄もまた、『菜穂子』のなかで、登場人物に、

急に何処《どこ》というあてもない冬の旅がしたくなったのです。

と語らせている。

山頭火の、

さて、どちらへ行かう風がふく
何を求める風の中ゆく
行方も知らぬ旅の路かな

を思い出させる。

こう詠んだ山頭火にとって、その旅はどんな旅であったのだろうか。

「放浪の俳人」「漂泊の俳人」と呼ばれた山頭火は、文字通り「歩く人」であった。

もちろん、俳人であるから、「作る人」「詠む人」ではあったが、その生涯の大半を旅と放浪に明け暮れ、しかもその旅は当てもない「歩くために歩く」という旅であったから、まさしく「歩く人」と呼ぶに相応しい。


歩かない日はさみしい、飲まない日はさみしい、作らない日はさみしい、

ひとりでいることはさみしいけれど、ひとりで歩き、ひとりで作っていることは
さみしくない。
（「行乞記」昭和五年）

昭和五年、日向路の旅である。

ひたすら歩きつづける山頭火の日々。もちろん各地の俳友を訪ねる故の旅や、敬愛する俳人尾崎放哉や井上井月の墓参の旅もあったが、多くは何かの目標や行き先があるわけではない、ただ、歩くために歩く、歩いて歩くこと、そのことを楽しむ、そして木賃宿という安宿に泊まり、ある時は野宿もする、それが山頭火の旅であった。

だから、山頭火にとっては「歩く」ことと「作る」ことがそのまま人生そのものであった。

## 雲の如く、風の如く、水の如く

ひたすら歩いたその人生の、その死の直前の昭和十四年には、「無能無芸の私にできることは二つ、二つしかない。——歩くこと（自分の足で）作ること（自分の句を）」という、

人生の総括ともいえる言葉を見ることができる。

これより十年ほど前の、昭和五年九月、長い行乞の旅に出た時の日記に、次のように書いている。

私はまた旅に出た。――

所詮、乞食坊主以外の何物でもない私だった、愚かな旅人として一生流転せずにはいられない私だった、浮草のように、あの岸からこの岸へ、みじめなやすらかさを享楽している私をあわれみ且つよろこぶ。

水は流れる、雲は動いて止まない、風が吹けば木の葉が散る、魚ゆいて魚の如く、鳥とんで鳥に似たり、それでは、二本の足よ、歩けるだけ歩け、行けるところまで行け。

（「行乞記」昭和五年）

愚かな旅人とか浮草のように、と書きながら、その背後に、〝歩く人〟山頭火の熱い思いと決意を読み取ることができる。

この旅は九州をほぼ一周する行乞の旅であったが、注目されるのは、「雲」と「水」と「風」

がキーワードとなっているということである。そして小郡時代に書いた『行乞記』にも、「雲の如く行き水の如く歩き風の如く去る。一切空」という言葉が見られる。まさに「行雲流水」である。

雲、水、風、いずれも同じところに同じ形で留まるものでなく、常に流れ続け、変化し続ける存在である。山頭火自身も同じところに同じ自身としてとどまることを極力避け、限りなく「歩き」「漂う」ことを基本とし、「歩くために歩く、歩いて歩くことそのことを楽しむ」ことに拘ったのだ。

なるほど、行雲流水か。それは私たち現代人にとってはもはや憬れでしかないのか。否、そうとも言い切れないであろう。行雲流水の放浪は無理としても、ふとした時間に立ち止まって、あるいは世間の常識から半分降りて、自分を、自分の人生を見つめる、そんな時間を確保することは不可能ではないだろう。それはいわば、空間の放浪ではなく、時間の放浪とでもいったらいいのか。或いは日常から、ささやかな非日常へのギア・チェンジとでもいったらいいだろうか。

ともかく山頭火は同じ場所に定住できなかったのである。つまり、どこかへ行くために歩く、何かのために歩く、ということでなく、ただひたすら歩くのである。歩くことそのことに何事にも代えがたい充足感を覚え、歩くことそのことがそのまま人生なのであったのだ。

禅門に「歩々到着」という言葉がある。それは一歩一歩がそのまま到着であり、一歩は一歩の脱落であることを意味する。一寸座れば一寸の仏という語句とも相通ずるものがあるようである。

私は歩いた、歩きつづけた、歩きたかったから、いや歩かねばならなかったから、いやいや歩かずにはいられなかったから、歩いたのである、歩きつづけているのである、きのうも歩いた、きょうも歩いた、あすも歩かねばならない、あさってもまた。——
（「層雲」二百五十号記念集）

歩くこと、ただひたすら歩くこと、その一歩一歩への拘りは、ほかの日の日記にも、たとえば「法眼の所謂〈歩歩到着〉だ、前歩を忘れ後歩を思わない一歩一歩だ、一歩一歩には古今なく東西なく、一歩即一切だ」と記されている。

ホイトウとよばれる村のしぐれかな
木の芽草の芽歩きつづける
この旅、果もない旅のつくつくぼうし
けふはけふのみちのたんぽぽ咲いた

ホイトウとは、所によってはホイトともいわれる乞食、物貰いを表わす言葉である。どう見えようとも、どう呼ばれようとも、ただひたすら歩くほかはないのである。外から注がれる眼と関わりなく、一歩一歩が充足の時間であったのだ。

こうした一歩一歩への拘りは、かのゲーテの言葉にも見ることが出来る。

いつかは目標に通じる歩みを
一歩一歩と運んでいくのでは足りない。
その一歩一歩が目標だし、
一歩そのものが価値あるものでなければならないよ。

(『ゲーテとの対話』上)

いまこの一歩は目標のための手段などではない。一歩一歩が目標だし、それ自体に意味と価値があるのだと語るこの言葉は、先の山頭火の共感を得る言葉と言えよう。それは、後述するように、「人生は過程だ」と語った山頭火の言葉にもつながる。

山頭火はソローやギッシングと同様、ゲーテにも親近感を持っていたようで、その日記でゲーテにふれたり、引用しているところがある。

一方で、山頭火は後述するように熊本の報恩寺で得度した禅僧でもあった。先にふれたように、法眼の引用などが自在に出てくるところなどはその故であろう。

その禅僧山頭火の旅は徒歩禅であり、行乞《ぎょうこつ》の旅であった。つまり、山頭火にとっては、「歩く」ことは「信仰」であり「座禅」でもあった。

行乞という言葉は、聞きなれない向きもあるかもしれないが、これこそ山頭火の旅のキーワードでもある。

行乞とは乞食《こつじき》を行ずること、禅家で大切な修行とされている托鉢《たくはつ》の一種と考えられる。修行僧が鉄鉢《てっぱつ》を持って市中を歩き、他人の家の前に立って施しのコメや金銭を受けて歩くことである。山頭火の旅を支えていたのはまさにこの托鉢であったのだが、後述するように山頭火の旅暮らしは忠実な禅僧であったとはとても言えないものであった。

その行乞に欠かせないのが、鉄鉢《てっぱつ》であった。

春風の鉢の子一つ
秋風の鉄鉢を持つ

鉄鉢を抱えてひたすら歩きつづける日々を、山頭火は「汽車、自動車があるのに、なぜ草履をはいて歩くのか。そのバカバカしさが利口でない私の存在理由」と語る。

まさに歩くために歩く、歩くことそのことに充足を覚える山頭火であった。

前歩を忘れ、後歩を想わない一歩一歩だ、一歩一歩には古今なく東西なく、一歩一歩即一切だ、と山頭火は語っていた。

後でもふれるように、山頭火は「旧道を歩く人生」が好きだという。それはスピードと効率を求めて開発された新道よりも、自分の脚で自分の歩幅で歩く人生といってもいい。一見バカバカしくとも、山頭火にとってはその非効率で無駄の多い人生が、掛け替えのないものであったのだ。

自分の人生を自分の脚で、自分の歩幅で生き切る、――「旧道を歩く人生」、いいなあ。

## うしろ姿のしぐれてゆくか

山頭火を放浪の旅へ駆り立てたものは何だったのか。

それを語る前に先ず、山頭火の簡単な経歴を記しておく。

山頭火は明治十五（一八八二）年、山口県佐波郡西佐波令村（現防府市）に生まれた。十歳の時母ふさは井戸に投身して自殺する。山頭火の受けた衝撃は大きく、そのトラウマともいうべきものを一生背負って生きていくことになる。父は遊蕩三昧の生活で、山頭火は祖母ツルの手で育てられる。県立山口中学を経て早稲田大学に進学するが、神経衰弱のため退学して帰郷、酒造業である家業を手伝いつつ、文学活動に熱中する。明治四十二年、同郡和田村のサキノと結婚、翌年長男健が生まれる。

大正五年、実家種田酒造倒産、妻子を伴い熊本へ移住し、古本屋「我楽多」を営む。大正七年には弟次郎の自殺の報に接する。三十三歳の若さであった。大正十三年には、熊本市内で泥酔して市電を止めるという事件を起こす。その後熊本の曹洞宗報恩寺で宗門に入る。翌大正十四年、四十三歳で報恩寺にて望月義庵を導師に出家得度、耕畝と改名。その後、熊本県植木町の味取観音の堂主となる。しかし定住ままならず翌年、味取観音を出て、漂泊を続ける。

山頭火を果てしない旅に駆り立てたものは何だったのか。それは、よく言われるように過去一切を清算し、母や弟の菩提を弔うための鎮魂の旅であったのかもしれない。そして、大正十五年、第一回の長い行乞の旅に出たときの有名な「分け入つても分け入つても青い山」の句の前書きには、「解くすべもない惑いを背負うて、行乞流転の旅に出た」と書いている。

確かにそれは鎮魂の旅であったのであろう。しかしまた、「解くすべもない」苦悩と惑いを抱えた山頭火にとって、一か所にじっと定住することは到底できることではなかったのだ。後述するように、「捨てきれない荷物のおもさまへうしろ」の「捨てきれない荷物」とは、単なる旅の「荷物」ではなく、執着の重さであり、生きることの重さ、苦悩と矛盾であったであろう。

そのような執着を絶つためにも、山頭火にとって「旅」は大きな意味を持っていたのであろう。

どうしようもない私が歩いてゐる
うしろ姿のしぐれてゆくか

一方で、こうした自身の旅の姿を冷静に見つめる眼もあった。ひたすら歩き続ける自身の姿、そこに言いようのない寂寥感を見るのであった。しかし、そこには寂寥感を超えて、ある種の覚めた眼もあった。先の二句がそれである。

開高健にも、これと響きあうような言葉があった。

後ろ姿にこそ顔がある

「親の背中」「男の背中」などという言葉があるが、後ろ姿にはその人の人生や、人間の器まで滲んでいるということだろうか。それは、時として表の顔以上に雄弁だ、ということにもなる。

大宅壮一は「男の顔は履歴書である」と云ったが、それに倣うと、「人の後姿は履歴書である」ということになるのだろうか。私たちは自身の後姿を見ることはできない。通常はそんなことを考えたこともない。しかし、時にはそうした自己を見つめる眼もあっていいようにも思う。

開高健にはもう一つこんな言葉もあった。

思想は本屋にいけば即座に手に入るが、
皺《しわ》を手に入れるのはつらい時間がかかるものだよ。

この言葉を目にしたとき、即座に先の大宅の「男の顔は履歴書である」という言葉を思い出した。先人の思想や知的遺産は、読書という形を通じてそれに接することができる。しかし、人間の顔に刻まれた年輪は、一定の歳月を経た後でなければ獲得することはできない。

ということは、皺というものは単なる肉体の老化ということではなく、その人の生きた人生そのものの証しとも考えられるからだ。自身の人生に真摯に向き合い、生きてきた人の顔には、それに相応しい皺と年輪を見ることができる。

山頭火からずいぶん飛躍してしまったが、大宅の「男の顔」、開高の「後ろ姿」、「顔の皺」、そして山頭火の「うしろすがた」に、それぞれに独自の表現ではあるが、どことなく通底するところがあるようにも思われ、味わい深い言葉といえるように思われるのだ。

## しぐるゝや道は一すぢ

先の句にもあるように、山頭火の句にはしぐれがしばしば詠まれる。自身の歩く姿にも、人生にも、しぐれはよく似合うのであろうか。

しぐるるや死なないでゐる
しぐるゝや道は一すぢ
泊めてくれない村のしぐれを歩く
うしろすがたのしぐれてゆくか

最後の句は先にも引いたものだが、その句には「自嘲」という前書きがついている。山頭火の句集『草木塔』では、この句の前に「昭和六年、熊本に落ちつくべく努めたけれど、どうしても落ちつけなかった。またもや旅から旅へ旅しつづけるばかりである。」とある。

旅から旅へ旅し続けるしかない「私」、その「私」にしぐれが句を詠ませるのである。しぐれは俳諧では冬の季語として知られるが、広く日本文学の中でも、しばしば取り上げられるモチーフであり、タイトルでもある。古くは万葉にも多く詠まれているし、芭蕉と良寛の作品にも秀作がある。

旅人と我が名よばれん初しぐれ　　芭蕉

日々日々に時雨の降れば人老いぬ　良寛

文学作品のタイトルとしては、『蝉しぐれ』（藤沢周平）『時雨の記』（中里恒子）『横しぐれ』（丸谷才一）などを思い出す。

当てもない、果てもない山頭火の旅は続く。そして、その旅には、やはり「しぐれ」が寄り添うのである。

けふもしぐれて落ちつく場所がない
もぎのこされて柿の三つ四つしぐれてゐる
しぐるるや人のなさけに涙ぐむ

## このみちやいくたりゆきし

空高雲多少――旅の日にはつくづく生きていることの楽しさ、旅のありがたさを感じることが多い。そんな時、なんでもないことの中によさがある、とつくづく思う。

空高雲多少――といふ語句が行乞途上でひょいと浮んだ、昨今の私の心境そのままである。

何でもない山村風景、その何でもないところに何ともいえないよさがある、こういふよさがほんとうのよさだろう。

（「行乞記」昭和八年）

「何でもないことの中によさがある」——なんと含蓄に富んだ言葉だろう。目立つこと、派手なこと、卓越したこと、そんなことのみが注目され、もてはやされるいまこの時代ではあるが、実は無名で目立つことのないごく普通の生活や自然との交感の中に充足があり感動があるのだ。私たちがいま見失いつつあるものの大切さに気付かせてくれる言葉だ。

枯草の風景に身を投げ入れる
松かぜ松かげ寝ころんで
松はおだやかな汐鳴り

当てもない、足の向くままの自在の旅であったが、山頭火はただ、漫然と歩いていたのではない。その途上で出会った一見平凡な風景、見捨てられた雑草、そうした凡庸で無価値なものにも眼を止め、暖かい眼差しを向けるのであった。そうした眼差しのやさしさとこころの風景については後述することになる。

冒頭に、歩かない日、飲まない日、作らない日は淋しい、とあった。

つまり、歩くことは作ること、作ることは生きることでもあったのだ。

作ることは生きること、この道しかない。

この道しかない春の雪ふる

まっすぐな道でさみしい

果てもない山頭火の旅から旅への日は続く。ともかく歩く外ないのだ。
そして、あの膨大な日記「行乞記」の冒頭には、こんな記述が見られる。

このみちやいくたりゆきしわれはけふゆく

これは、高倉健最後の主演映画「あなたへ」のラストシーンに出てきたことでも知られるようになった。この句のしみじみとした味わいが、多くの人々の心に届いたのだろうか。またこの映画には、ビートたけし演じる元国語教師と称する杉野という男が登場し、山頭火の句を随所で披露している。そんなことで、この映画を契機に、それまで詳しくは知らなかった山頭火を読み始めた人もあったようだ。

そして、山頭火はその旅の途上、座右の銘としてこう記す。

おこるな、しゃべるな、むさぼるな、
ゆっくりあるけ、しっかりあるけ

（「行乞記」昭和七年）

## 年とれば故郷こひし

ただ、ひたすら歩く、歩きつづけるほかはない山頭火の旅ではあったが、その思いはいつしか望郷への歩きに繋がってゆくのでもあった。

年とれば故郷こひしいつくつくぼうし
いちにち雨ふり故郷のことを考へてゐた
波の音たえずしてふる郷遠し
よろ〱歩いて故郷の方へ

故郷とはなんだ――山頭火のふるさと観を聞いてみよう。

家郷忘じ難しという。まことにそのとおりである。故郷はとうてい捨てきれないものである。それを愛する人は愛する意味に於いて、それを憎む人は憎む意味に於いて。

さらにまた、予言者は故郷に容れられずという諺もある。えらい人はえらいが故に理解されない、変った者は変わっているために爪弾きされる。しかし、拒まれても嘲られても、それを捨て得ないところに、人間のいたましい発露がある。

（「三八九」復活第四集）

一般論として語りつつ、自身のふるさと観を語っている。その深い心情と、複雑な思いが伝わってくるようだ。そしてこう続けている。

近代人は故郷を失いつつある。故郷を持たない人間が増えてゆく。彼らの故郷は機械の間かもしれない。或いはテーブルの上かも知れない。或いはまた、闘争そのもの、享楽そのものかも知れない。しかしながら、身の故郷はいかにともあれ、私たちは心の故郷を忘れてはならないと思う。

（前掲書）

望郷へ歩く、しかし、故郷への複雑な思いも吐露される。

関門を渡るたびに、私は憂欝になる、ほんとうの故郷、即ち私の出生地は防府だから、山口県に一歩踏み込めば現在の私として、私の性情として憂欝にならざるをえないのである、という訳でもないが、同時にそういう訳でないこともないが、とにかく今日は飲んだ。

（「行乞記」昭和七年）

昭和七年五月、九州小倉から下関に渡ったときの日記である。

山頭火の生い立ち、遊蕩三昧の父と家業の倒産、投身自殺した母、加えて弟の自殺、それぞれの生き様と山頭火の思い、それを考えると、山頭火の故郷への思いの深淵を思わずにはいられない。

そんな思いが、その句にも滲む。

旅の人としふるさとの言葉をきいてゐる
育ててくれた野は山は若葉
冬空のふる郷へちかづいてひきかへす

## この旅、果てもない旅

古来、旅と放浪を限りなく愛した歌人や俳人は少なくない。西行、芭蕉、一茶、そして山頭火の熱い思慕の対象であった尾崎放哉などの名前が即座に浮かんでくる。

それぞれ、山頭火とは一味違った独自の旅に生きた先達と言えようが、ここではそうした歌人や俳人ではなく、少し回り道になるが日本人に限りなく愛された、ある人物についてふれておきたい。

それは、あの映画「男はつらいよ」の主人公寅さんである。寅さんを演じたあの名優渥美清の死からもう四半世紀になるが、今でも褪せることなく、人々の心の中に生きている。

その寅さんもまた、自由で気ままな旅に生きた放浪の人であった。

寅さんを演じた渥美清の逝去後に放送されＮＨＫテレビ「寅さんへの手紙」は、寅さんを偲ぶ人々の声を特集していた。寅さんに寄せられた手紙の多くが中高年男性からのものであったという。「俺の人生は寅さんから学んだ」「権威・富・名誉に左右されない、人々とのふれあいが大事だと思った」という趣旨の手紙が少なくなかったという。

人間の弱さと強さ、そしてやさしさ、一方で生きることの哀しみをもわかってくれる寅さん、それは、詳しくは後述するが、山頭火の人物像とどこか重なるのである。

また、寅さんは終生旅から旅へ明け暮れていたわけではない。葛飾柴又という「帰る場所」があった。山頭火にも、其中庵という庵住の拠点があり、あるいは時折訪れる俳友や旅先で山頭火を温かく迎えてくれる俳友たちがいた。

寅さんと山頭火を無理して重ねる意図はない。ただ、ともかく二人とも一か所に定住することの出来ない宿命の放浪者であったと言えよう。そんな放浪者に人々は魅かれるのだ。

再び山頭火に戻ろう。

当てもない、果てもない旅であったが、山頭火はその旅をかけがえのないものとして、ひたすら歩きつづけるのであった。

旅の記録に、「行きあたりばったり！　そういう旅が、というよりも、そういう生き方が私にはふさわしい」と、綴っている。

そして、その日にはこんな句を詠んでいる。

わがま丶きま丶な旅の雨にはぬれてゆく

わがまま気侭な、行きあたりばったり――その言葉には、漂泊者、放浪者としての山頭火の心情が滲んでいる。そうした心情、気分を詠った句は、旅の日記の随所に見ることができる。

さて、どちらへ行かう風がふく
この旅、果てもない旅のつくつくぼうし
あてもない空からころげてきた木の実

この、最後の句について山頭火は、「此句には多少の自信がある、それは断じて自惚じゃない、あてもないに難がないことはあるまいけれど（あてもないは何処まで行く、何処へ行こう、何処へも行けないのに行かなければならない、といったような複雑な意味を含んでいるのである)」と書いている。

「あてもない」という一言に込めた、漂泊者山頭火の深い思いが語られている。

そうした思いは、以下の「山行水行」「生かされている」「旅から旅へ」という言葉にも読み取ることができるように思う。

山行水行
　雑草の中
ともかくも生かされてはゐる雑草の中
　旅から旅へ
燕とびかふ旅から旅へ草鞋を穿く
（「其中日記」昭和九年）

またこの日（昭和九年十一月二十五日）の日記には、改作として、次のような作もみられる。

山あれば山を観る
雨の日は雨を聴く
春、夏、秋、冬
　あしたもよろし
　ゆふべもよろし

いかにも漂泊の日々を深く味わいつつ歩きつづける山頭火の悠然たる、充足の時間を読み取ることができる。何の変哲もない山の風景、そして雨降る日々、それぞれをそのまま受け止め、心に刻み、観照する、何事もそのまま受け入れ、受け止め、それと共振する、日々好日の深い味わいがそこにある。

この、放浪者としての山頭火について、金子兜太氏はこう語っている。

放浪の山頭火は、昭和初期（第二次大戦まで）の同門俳句仲間にとっても、そうであったように、いまの多くの人たちにとっても、親しみであり、それを超えて憧れでもあるようだ。それは行動半径の大きい放浪の魅力もさりながら、放浪そのものへの願望が、今も昔も変わらないで、私たちのなかにある――いや募っているからである。そして山頭火の〈弱者の眼〉への親愛が、わがことのように、その願望と重なっていることもまちがいはない。

（『種田山頭火――漂泊の俳人』）

放浪者山頭火はいまでも人々の憧れであり、親しみの存在であると語る金子氏の言葉には共感させられる。

だから、こうした漂泊への思いは山頭火に特に強くみられるものではあるが、しかしそれは人間誰しもが持つ「漂泊への憬れ」でもあるのだろう。

本章冒頭でもその一、二を引いたが、多くの作家文人たちがそのことを語っている。

漂泊の情というものは、人間の本質に深く根ざしたものである」。

（石坂洋次郎『草を刈る娘』）

人生最高の理想的生活は寂莫たる放浪漂泊の生涯である。

（永井荷風『新帰朝日記』）

旅はどんなに私に生々《いきいき》としたもの、新しいもの、自由なもの、まことなものを与えたであろうか。旅に出さえすると、私はいつも本当の私となった。

（田山花袋『東京の三十年』）

放浪は人間の本質であり、理想であるという。そして放浪や旅にあってこそ、人は本当の私となるという。

人々は、「本当の自分」を求めて旅に出るのであろうか。

また、かつて広く歌われた「遠くへ行きたい」の作詞者永六輔は、自身の好きな旅について、「予定も決めず、気の向くまま自由に出かける旅」としつつ、「どんな旅をするにしても、大切なことは〝風のように〟」（「遠くへ行きたい」から四十年）と語っているが、山頭火もまた、「雲の如く行き水の如く歩き風の如く去る」「今日は今日の風が吹く。明日は明日の風が吹こう」と書いていた。

「遠くへ行きたい」が大ヒットし、今でも歌い継がれている背景には、人々の、永六輔の旅や山頭火の放浪への深い共感があるからかもしれない。

こうして、〝歩く人〟というキーワードをもとに、山頭火の句と人生について思索をめぐらせていくと、山頭火は単なる奇人変人、あるいは異能の俳人などではない、人間誰しもそのなかに山頭火が棲んでいるとも思えるのである。

〝わが心の山頭火〟か。

とすると、あのハチャメチャで、〝どうしようもない〟などと自称した奇骨の俳人が、グッと近づいてくるように思えるのだ。

# 第二章　どうしようもないわたしが歩いている

～なぜ生きているのか、生きているから生きているのだ

## 四十にして惑い、五十にしてまた惑う

〝歩く人〟山頭火はまた、〝惑いの人〟山頭火でもあった。

山頭火の日記の、「五十にして惑う」「四十にして惑わず、五十にして惑う、老来ますます惑うて、悩みいよいよふかし」という言葉に見られるように、この時期の山頭火の、自己矛盾と不安に苛まれた不安定な精神状態の記録と思わせる言葉にしばしば出会う。

老来ますます惑うて、悩みいよいよふかし。①

最後の危機、最後の転換期、五十惑ともいうべきものだろう。②

四十惑うて五十更に惑う、六十尚惑うだろう。③

（「其中日記」昭和九年）

この言葉は、いずれも昭和九年九月から十月にかけての日記にみられるものである。山頭火五十二歳である。

また、これよりすこし前の日記にも、「人生五十年、その五十年の回顧、長いようで短く、短いようで長かった、死にたくても死ねなかった、アルコールの奴隷でもあり、悔恨の連続であった、そして今は！」と書かれている。

①の書かれた日の日記には「沈黙は私をいらいらさせ、そしてじめじめさせる」「門外不出、いや不能出」などの記録が見られる。

②の前には、「晴れたり曇ったり、しかし身心清澄、やっと不眠も去ったようだ、いわば狂風一過の境地、しかしいつまた再来するかも計り難い」と書かれ、その振幅の大きさへの不安が語られている。この「危機」「転換期」などの言葉は、スイスの著名な心理学者・精神医学者、C・G・ユングの「人生の危機」「人生の転換期」というキーワードを思い出させる。

さらに③の書かれた日には「明るいさみしさだ、すなおな死であれ」とあり、その翌日には「アキラメでない、サトリでない、マコトである」と書かれ、そのころの気分として、「明るい空しさ」「ほがらかな憂鬱」などという、山頭火独自の表現が目を引く。

そして最晩年には、こんな句も残している。

六十にして落ち着けないこゝろ海をわたる

そのころの日記には、「身心憂鬱、おちついてはいるけれど、——この旅はいわば私の逃避行である。私は死んでも死にきれない境地を彷徨しているのだ」という言葉が見られる（昭和十四年五月二十七日）。昭和十四年というと、死の前年に当たる。近畿、東海、木曽、伊那をめぐる長い旅であった。

## 〝二つの私〟を生きるしかない

人は誰しも、相反する価値観に揺れ、惑う。世間や常識に順応しようとすると、そこに何らかの違和感や息苦しさを感じる。自己に忠実に生きようとすると、倫理や常識や世間や義理などという厚い壁に遭遇する。それにどう向き合い、あるいは折り合いをつけていくのか、そんな問いから逃れることは容易ではない。

山頭火の人生はその問いに対峙しつつ、悩み、生き抜いた人生であった。

昭和七年十一月二十六日の日記には、「澄むなら澄みきれ、濁るなら濁りきれ、しかし或は澄み或は濁り、いや、澄んだらしく、濁ったらしく、矛盾と中途半端とを繰り返すのが、私の性情らしい」と書く。

そしてその心情を、後日「二つの私」と表現し、次のように書く。

> 私の中には二つの私が生きております。というよりも私は二つの私に切断せられるのです、「或る時は澄み、或る時は濁る」と書いたのはそのためです、そして澄んだ時には真実生一本の生活を志して句も出来ますが、濁ったときはすっかり虚無的になり自棄的になり、道徳的麻痺症とでもいうような状態に陥ります。
> 私は長年此の矛盾に苦しんできました。
> （昭和十一年六月三十日、木村緑平への手紙）

そして、この年の九月には、自分は無用人、不要人だ、社会のいぼだ、毒にも薬にもならない、痛くもかゆくもない存在でありたいと書く。

そのほか、「或る時は死にたい人生、或る時は死ねない人生。或る時は仏にちかく、或

る時は鬼にひとしい」という記述が見られる。（昭和九年八月二日）

また、其中漫筆として、漫然として考え漫然として書き流したものであるとして、こう書く。

人間は人間です、神様でもなければ悪魔でもありません、天にも昇れないし、地にも潜れません、天と地との間で、泣いたり笑ったりする動物です。

（「其中日記」昭和十年）

そんな山頭火の生きざまを、限りなく人間的な人間だと、金子兜太氏は次のように言う。

そしてつくづく放浪者といわず、人間というものの複雑さ、奇態さをおもわないわけにはゆかない。山頭火には、たしかにぐうたらで生臭くて、いやな酒飲みだとおもえる面と、ひどく純粋でいちずな内面をもった男とおもえる面とが混在している。（中略）山頭火という人物は、いやらしいくらい人間的な人間なので、それだけにじっくりと見定めるのに値する、とおもったりするわけだった。

（『種田山頭火　漂泊の俳人』）

山頭火はそのぶれる心情を書き込みながら、日々を送っている。自身の中に「二人の自分」が潜んでいるのだ。

しかし、そのぶれは山頭火ほど極端ではなくとも、決して特別なものでも異常なものではなく、私たち一人一人の人生の日々に、どこか通底するものではないのか。そんな弱い人間も、まさに人間なのであり、それをしっかり受け止めていかざるを得ないのだ。

たまたま本稿の執筆中に読んでいた、アメリカの作家で詩人のメイ・サートンの、次のような言葉が目にとまった。

かんしゃくを起こし、泣き叫ぶわたしのなかに棲む幼な子のことをわたしは考えつづけ、その子どもとたまに賢明になる老いた女の両方が、ひとりの人間のなかにあることを受け入れたいと思ってきた。
（中村輝子訳『回復まで』）

そしてサートンは、すぐれた詩人として称賛された作家（注、サートン自身）の、そのイメージとは全く別の、「完璧でもなく、気まぐれで、人が言うような〈見かけとは違う〉ことに苦しみながら生きている、現実の人間を知って（親友たちは）幻滅した」とも書いている。

サートンは、人間のなかに潜む二面性、その二面性をぶれながら生きている、人間の真実について、自己の体験に基づいて率直に語っている。

## どうしようもないわたし

ただ、山頭火の場合は、そのぶれの振幅が異常に大きく、極端であった。

こうした振幅のある生き様は終生変わらないのである。それは山頭火の背負った矛盾の重さ、深さを物語るものであった。彼は「私という人間は矛盾だらけです」と書き、晩年の日記には自戒三則、誓願三章、欣求三条などの誓いを立てている。

例えば、その中の請願三章はこう記されている。

一、無理をしないこと

一、後悔しないこと

一、自己に佞《おもね》らないこと

しかし、その誓いも翌日には早くも破られる。湯田温泉で羽目をはずし、「わたしはとうとう愚劣極まる酒乱患者となってしまった！」と書き、その後の日記にも、虚無、寂寥、憂鬱などの文字が見られ、「老いてますます醜し」と書く。

山頭火の祖母ツルは一家の悲運と崩壊に遭遇し、「業ヤレ、業ヤレ」と慨嘆していたが、山頭火自身も、母や弟の自殺、捨てた妻子への思いなど、試練と自責に苛まれる自らの人生を「業《ごう》だな、業だな」と嘆いていたのであった。

しかし、山頭火はそうした矛盾、寂寥、虚無感、迷いをそのまま受け止めていかざるをえなかったのである。

私はいつまでも、また、どこまでも歩きつづけるつもりで旅に出たが、思いかえして、熊本の近在に文字通りの草庵を結ぶことに心を定めた、私は今、痛切に生存の矛盾、行乞の矛盾、句作の矛盾を感じている、……私は今度といふ今度は、過去一切――精神的にも、物質的にも――を清算したい、いや、清算せずにはおかない、すべては過去を清算してからである、そこまでいって、歩々到着が実現せられるのである。

（「行乞記」昭和五年）

昭和五年も暮れるころの日記である。そして、このあとには、「歩くに労《つか》れたというよりも、生きるに労れたのではあるまいか」と続けている。

さらに、年が明けると、熊本の俳友たちの支援で個人誌「三八九」第壱集を刊行する。その中でこう書いている。

私は労れた。歩くことにも労れたが、それよりも行乞の矛盾を繰り返すことに労れた。袈裟のかげに隠れる、嘘の経文を読む、貰いの技巧を弄する、——応供の資格なくして供養を受ける苦悩には堪えきれなくなったのである。

（「三八九」第壱集）

こうして、行乞の矛盾を綴ったころ、詠んだ句がある。

からだあたゝまる心のしづむ
明日は明日のことにして寝ませうよ

そして、なぜ生きているのかと問われれば、生きているから生きている、と答えることが出来るようになった、この問答の中に、私の人生観も社会観も宇宙観もすべてが籠っているのだ、と書いている。（昭和七年六月二十一日）

また、人間は――少なくとも私は――同じ過失、同じ後悔を繰り返し、繰り返して墓へ急いでいるのだ，という言葉にも肯けるところがある。（昭和七年十月十日）

そして最晩年にいたっても、解けきれない矛盾と、それを受け止めて生きていかざるを得ない心境を、「私にはどうにもこうにも解けきらない矛盾のかたまりがあります、その矛盾を抱えて微苦笑する外ありません」と記している。これは、その死のおよそ半年前の記録である。（昭和十五年四月二日）

そのさみしさと弱さ、迷いと矛盾、そのどうしようもなさが山頭火の人生であり、創作の源泉でもあったのである。その素顔の人生とでもいうべきものが、人々を惹きつけ、共感を覚えさせるのであろうか。

## 自戒は破戒のためにありしか

山頭火の日記には、「掟三章」ともいうべきものがしばしば表れるのが目につく。

山頭火はその日記に、折にふれ自戒、誓願、欣求などの言葉を書き込んでいるのだ。

それは山頭火の自身に対する誠実さの証しとも読めるが、一方で、そうした言葉が繰り返し表れるということは、そのような誓いがいかに脆弱なものであったかを物語るものとみることもできる。

それはまた、山頭火の弱さや惑いの人生を物語るものでもある。

参考までに、山頭火の掲げた掟三章を記した言葉を拾い上げておこう。いずれも三項目から成っているところが興味深い。

とくにそれは昭和十一年ごろからの日記によくみられるフレーズである。昭和十一年というと、山頭火五十四歳、死の四年前であり、山頭火の最晩年のころといえる。

自戒三則

1、腹を立てないこと
2、物を粗末にしないこと
3、後悔しないこと

また、この年の十一月には、同じ日に、なかれとべしの双方を掲げている。

なかれ三章
1、くよくよするなかれ
1、けちけちするなかれ
1、がつがつするなかれ

べし三章
1、茫々たるべし
1、悠々たるべし
1、寂々たるべし

（以上、いずれも「其中日記」昭和十一年）

昭和十二年の年頭には、三つの誓いを立てている。

自戒三則

1、物を粗末にしないこと

2、腹を立てないこと

3、愚痴を言わないこと

請願三章

1、無理をしないこと

2、後悔しないこと

3、自己に佞《おもね》らないこと

欣求三条

1、勉強すること

2、観照すること

3、句作すること

（「其中日記」昭和十二年）

ここに拾い上げた言葉は、山頭火の起伏の人生を物語るものであるにとどまらず、人生一般に通じるものであるともいえるように思う。

弱さと誠実さ、それは山頭火自身の抱えた矛盾であるが、同時に私たち自身のなかにもそうした両面があることも否定できないだろう。

皆さんは山頭火の先の三則、三章、三条をどのようにお読みになるだろうか。

人間の誠実さを見る思いと同時に、人間というものの弱さや愛しさや健気さをも見ることが出来るようで、ほほえましくも見えてくる思いだが、いかがであろうか。

もちろん、山頭火の抱えていた惑いや矛盾は、「解けない」「どうしようもない」と語るほどの重いものであったことは言うまでもない。

## どこへ行く、何をする、どうしようというのだ

ただ、こうした自ら解く術もない惑いや矛盾は、山頭火が抱えていたほどの深刻さはな

いとしても、多かれ少なかれ人々がある年代に達したときに当面するものでもあるようだ。

少し回り道になるが、その一つの例として、或る文学作品の一部を取り上げてみる。

神吉拓郎の短編に『鮭』という作品がある。主人公は四十代半ばの実直な会社員。ある日突然、その会社員・清治が姿を消す。文字通り、「ある朝、いつものように出て行って、ふいと消息が絶えた」のである。妻の喜久子にも思い当たる理由は何もなかった。会社でも仕事はよくやっていたし、人当たりもよく、対人関係や女性関係でも何も問題はなかった。

その後消息は全くなかったが、ある時同僚が出張先の水戸で偶然清治に出会った。その時その同僚が、妻の喜久子に何か伝えることはないかと聞くと、清治は、

「探すなといってくれ。ただ、元気でいることだけ伝えてくれればいい。そっちも元気でいてくれるように」

と言う。そして、家を出た理由について聞くと、

「俺にもよく解らない」

と言い、

「急に、虚《むな》しいな、という気がしたんだ。何が理由なのか解らないが、虚しいなと思い始

めると、それが頭から離れなくなってね」

と、それだけ言ったという。

そして、四年ぶりに急に帰ってくる。しかし、帰宅して三月もしないで、入院後あっけなく死んでしまう。

ある日、一人の人間が突然姿を消す。だれにも、何の心当たりもない。それはしばしば耳にする話である。とくにそれは、中年といわれる年代のケースが少なくないようだ。それはしばしば「失踪」と呼ばれる。もちろんその背後には、それぞれのさまざまな理由があるであろう。本人しか知り得ない事情もあるであろう。しかし、本人自身も明確に自覚しえない場合もある。

清治の場合もそうである。「俺にもよく解《わか》らない」と清治は語っている。「何が理由なのか解らない」が、人生が「急に、虚《むな》しい」と思い始めると、それが頭から離れなくなると清治は言う。そして清治の年代が、四十代半ばということ、さらに、清治の心を癒してくれたものが海であり、海岸であったというのも極めて象徴的である。

「どこへ行く、何をする、どうしようというのだ」——これは後述する山頭火の言葉であるが、この会社員清治もまた、そんな答えのない問いを抱いて旅に出たのであろうか。

人生の半ばの時期に、ふと自身の日常を振り返るとき、何か満ち足りないもの、あるいは虚しいものを感じ、いったいこれまでの人生は何であったのか、自分は本当の自分の人生を生きてきたと言えるのだろうか、自分という存在は何なのかという疑問にとらわれることはよくあることである。

それは、清治のように明確には自覚されない場合も少なくないが、多くの人が現実に経験する事実である。もちろんそれは、男性の場合に限らない。家事に、あるいは仕事に、充足して生きてきた女性の場合も同様である。このような、日常のすき間を吹き抜けるふと感じる空虚感、何気ない疑問という事実が、実は極めて重い意味を内包しているのである。

わたしたちはいま、時代の大きな転換期に遭遇し、限りない不透明感を感じつつ、そして何かしら温かみに欠ける時代の風の中で、ふと、なんとも言えない孤立感と寂寥感をおぼえ、立ち止まることがある。そうした寂しさは、とくに人生の半ばを過ぎた年代の人々にとっては、特別な意味をもっている。あくせくとした日常と、どうにもならない組織と人間関係の中に埋没して生きてきた日々、それはそれなりに充実したものと思えていたが、しかし、そうした生き方にふと疑問を感じるときがある。

自分の生きて来た人生は、本当に自分の人生を生きたと言えるのであろうか。人によってはそこから脱出したい、ふっとどこかへ行ってしまいたいと思うこともある。ともかく、この現在の日々の営みに拭い切れない疑問と矛盾を感じてしまう。

そんなとき、あの漂泊の俳人山頭火の、深い惑いと矛盾を抱えつつも、心の趣くままに、ひたすら歩きつづける人生を生きた姿や、そこから生み出された句と言葉の数々が、人々の心の奥深くに何かを訴えてくるように思えるのである。

詳しくは後述（終章）するが、あるＮＨＫのテレビ番組で、いわば〝人生の壁〟にぶつかり、人間関係にも躓いた人々が、山頭火の句に出会って救われたエピソードなどが紹介されていた。ある男性はある時図書館で偶然山頭火の句に出会い、心に深く届くものがあり、それが新たな人生へ踏み出す端緒となったという。

山頭火は、「四十惑うて五十更に惑う、六十尚惑うだろう」「人間は人間です、神様でもなければ悪魔でもありません、天にも昇れないし、地にも潜れません、天と地の間で、泣いたり笑ったりする動物です」と語っていた。

そんな山頭火の生きざまについて、金子兜太氏は、人間というものの複雑さ、奇態さをおもわないわけにはゆかない、山頭火という人物は、い、や、ら、し、い、く、ら、い、人間的な人間なので、それだけにじっくりと見定めるのに値する、と語っていた。

さまざまに評価される山頭火であるが、「いやらしいくらい人間的」という金子氏の言葉には、深い共感を誘うものがある。そんな、人間山頭火が、紡ぎ出される言葉とともに、人々を惹きつけるのであろうか。

山頭火の言葉から、もう一つを引いておきたい。最晩年の日記からの言葉である。

どこへ行く、何をする、
どうしようといふのだ、
どうしなければならないのか、
どうせずにはいられないのか

（「一草庵日記」昭和十五年九月八日）

九月八日という日付は、死の凡そひと月ほど前になる。山頭火は、終生このことを問い続けたのである。

最後に、さまざまな仕事を遍歴し、長い辛酸の放浪生活を送った、遅咲きの作家ともいえる、車谷長吉の言葉を引いておく。車谷は、迷うことは決して悪いことなどではなく、ごく当たり前のことだと書きつつ、こう続けている。

おおげさに言えば、おそらく人の一生は、死ぬまで迷うのだと思います。少なくとも、人生の充実というものを求めるとするならば、苦悩や迷いの中に自分の身を置いて、自分の苦悩や迷いが何であるのかということを、よくよく心に自覚することだと思います。

（『人生の四苦八苦』）

人は誰しも、山頭火や車谷ほど深刻ではなくとも、その人生におけるさまざまな苦悩や迷いに遭遇するだろう。しかし、その苦悩や迷いから逃げたり、極度に落ち込んだりすることなく、それと率直に向き合い、受け止め、付き合っていく、そんなしなやかさも大切にしたい、そんなことを考えさせる言葉だ。

# 第三章　捨てきれない荷物のおもさまへうしろ

～「こころの断捨離」を期す

# 捨てても捨てても捨てきれない、あゝ

山頭火の抱えた惑いと矛盾については先にもふれたが、山頭火の背負った荷物の重さとは、言い換えればその人生の荷物の重さといってもいいかもしれない。捨てきれないもの、背負いきれない過去、執着の強さ、山頭火はそれとどう向き合ったのか。

捨てきれない荷物のおもさまへうしろ
重いもの負うて夜道を戻つて来た
ぬいてもぬいても草の執着をぬく

人は誰でも、それぞれの過去を背負って生きている。その過去の重さはそれぞれである。思い出したくない過去もあり、大切にしたい過去もある。

それが人生なのだ。

山頭火の場合は、その背負った荷物があまりにも重く、捨てきれないものであった。そして大正十五年、九州から四国、中国地方をめぐる長い旅に出た。

この長い旅に出る前に、山頭火は熊本で元妻サキノの店「我楽多」を手伝っていたが、酒に酔って市電を急停車させる事件を起こす。その後市内の曹洞宗報恩寺に引き取られ、望月義庵を導師に出家得度し、やがて熊本県植木町の味取観音の堂守を務める。

しかし、大正十五年四月、山林独住に耐えかねて味取観音を去り、行乞放浪の長い旅に出たのであった。味取観音堂を出て放浪の旅に出た時、「大正十五年四月、解くすべもない惑いを背負うて、行乞流転の旅に出た」と記している。山頭火四十五歳、その背負った荷物の大きさ、重さが、いかばかりであったかを物語っている。小豆島では、念願の尾崎放哉の墓参も済ませている。

そしてまた、後の昭和五年九月には、旅の後一時期滞在していた熊本の妻サキノが営む「我楽多」を出て、再び旅に出る。

> 熊本を出発するとき、これまでの日記や手記はすべて焼き捨ててしまったが、記憶に残った句を整理した……単に句を整理するばかりじゃない、私は今、私の過去一切を清算しなければならなくなっているのである、ただ捨てても捨てても捨てきれない

ものに涙が流れるのである。（『行乞記』昭和五年）

焼き捨てて日記の灰のこれだけか

これまでの人生を清算し、過去を消し去りたいという思いから、書き溜めた日記や手記のすべて焼却したのだ。焼き終わってしまうと、その燃え滓のあまりにも少なさに、さびしさと空虚感が付きまとう。俺の人生はこれほどのものだったのか。

しかし一方で、焼いても捨てても捨てきれないものがしたたかに残るのである。

その、焼いても捨てても捨てきれないものとは何だったのか。

「背負った荷物の重さ」「捨てても捨てても捨てきれないもの」とは何だろうか。

その荷物の重さは、言いかえれば人生の重さ、執着の重さということになる。とくにその執着の重さを感じるのだ。そして、捨てればその荷物は少なくなってゆかなければならないのに、だんだん多くなってくる、捨てるよりも拾うからである、と書く。（昭和五年十一月二十四日）

捨てきれない！と叫ぶ山頭火の声が聞こえてくるようだ。

その荷物の重さは物量ではない、それは先にもふれた背負いきれない「過去」の重さであり、「払いきれない心の重荷」でもある。その点について山頭火の研究者で全集の編集にも携わった高藤武馬はこう書いている。

この〈荷物のおもさ〉は物量のそれを意味しない。行乞行脚の俳僧が不必要に重い荷物を背負いこむわけはなく、身についているものといえば、法衣に網代笠をいただき、胸に絡子《らくす》をかけさがているのみで、手にするのは鉢の子と拄杖があるばかりであるこれ以上に簡素な装束はない。それが重いというのは、いうまでもなく、背負い切れないほどの過去の業因を前うしろに背負いこんでいるからである。つまり心の重荷、この払っても払っても払いきれない心の重荷を背負いこんで、果てしもない道を歩いている山頭火なのであった

（『山頭火の本』別冊二）

背負える荷物には限りがある。しかし、心の重荷は目に見えないだけに際限なくその担い手にのしかかるのである。

## 一切放下着、流るるままに

そして山頭火の日記には「放下着」という言葉がしばしば登場する。

放下着《ほうげじゃく》とは禅語の一つで、放下とは、放り出す、捨て切るの意である。着は放下の意を強調するものである。

つまり、すべての煩悩執着を放下するということ、荷物の重さから解放されるということ、そこから纏わりつく過去や俗世の欲求に流されない、新しい人生がはじまるということだろう。

山頭火の言葉を聞いてみる。

しぜんに心がしずみこむ、捨てろ、捨てろ、捨てきらないからだ。

放下着——なんと意味の深い言葉だろう。

（「其中日記」昭和九年）

煩悩執着を放下することが修行の目的である、しかも修行しつつ、煩悩執着を放下してしまうことが、惜しいような未練を感ずるのが人情である、言い換えると、煩悩執着が無くなってしまえば、生活——人生——人間そのものが無くなってしまうように感じて、放下したいような、したくないような弱い気を起すのである、ここもまた透過しなければならない一関である（蓬州和尚の雲水は語る、を読んで）。（前掲書）。

放下着を決意すれども、その実行は簡単ではない。「放下したいような、したくないような」迷いに、心は揺れるのである。そして、一切の煩悩に執着することなく、逆らうことなく、こだわるなかれ、といい、流れるままに任せようと書く。

一切放下着、流るるままに流れよう。…………
なりきれ、なりきれ、何でもよいからそのものになりきれ。

求むるな、貪るな
酔を、酒を！
無執着、無抵抗

（「其中日記」昭和十二年）

色即是空、空即是色、いいかえると、現象と実在とが不即不離になって、私の身心其物として表現せられる境地、その境地に没入することが私の志である。

煩悩を煩悩するなかれ、こだわるなかれ、とどまるなかれ、疑うなかれ、佞ねるなかれ、……そして、流れるままに、流れるところまで流れてゆけ。（夜半、感ずるところありて、記し置く。）

（「旅日記」昭和十四年）

背負った荷物が重ければ重いほど、その放下は簡単ではない。放下に挑むほど、煩悩執着が離れない。山頭火の揺れる心と決意の振幅の大きさが見られる。放下着に固執するほど、自らを追い詰めてしまうことにならないか。むしろ一息ついて、一切を流れるままに委ねていくほかはないということに思いいたる。

## 分け入っても分け入っても

「放下着」という言葉とともに、山頭火の句や言葉に見られる独自の表現に、「分け入る」という言葉がある。それは、次の句によって広く知られるところとなった。

分け入つても分け入つても青い山
分け入れば水音
秋ふかく分け入るほどはあざみの花

初めの句の前書きには「太正十五年四月、解くすべもない惑いを背負うて、行乞流転の旅に出た」と記されている。山頭火にとってこの旅は、文字通り解くすべもない惑いを背負った旅であり、鎮魂の旅でもあったが、しかし、それはまた限りない自身の内部に向かう旅でもあったのだ。

つまり、歩きながら野や山の深さを実感すると同時に、内部の世界へ向かうもう一つの旅の奥深さを表現したかったのではないか。この句が、その人生を模索する若き惑いの時期である青春期の作ではなく、すでに四十代半ばに達した人間の作であることを考えるとき、その味わいは一層深いものになるように思われる。この年代は、人生の転換期でもある。そんな時期に差し掛かった山頭火の思索と苦悩は一層深いものになっていったのであろうか。「分け入つても分け入つても」という言葉が独特の響きを持つ。

この「分け入る」という独自の表現は、句のみならず、山頭火の文章の随所に見られる。前掲の「分け入れば水音」「秋ふかく分け入るほどはあざみの花」という句があり、また「山の奥へ奥へと分け入ってゆく、霧がたちこめている、時鳥がなく」「太田への道は山にそうてまがりみずにそうてまがる、分け入る気分があってよい」という表現が見られる。

そして、次のような記述も見られる。

朝あけの道は山の青葉のあざやかさだ、昇る日と共に歩いた。
いつのまにやら道をまちがえていたが、——それがかえつてよかった——山また山、青葉に青葉、分け入るといった感じだった、蛙声、水声、虫声、鳥声、そして栗の花、萱の花、茨の花、十薬の花、うつぎの花、——しずかな、しめやかな道だった。

（「行乞記」昭和八年）

山頭火はまた、尽きない悩みに陥ったとき、酒を呷ったが酒はごまかす力はあっても救う力はない。酒に逃れることは何の解決にもならない。しかしそんな悩みに向き合うとき、「山に登りましょう。林に分け入りましょう。野を歩きましょう。水の流れに沿って、私たちの身心がやすまるまで逍遥しましょうよ」とも書いている。（『愚を守る』初版本）

雑念やこころの重荷を下ろして、自然の中に浸ること、そこをひたすら歩くこと、水の流れに寄り添うこと、そのことが身心の安定につながることだということは十分納得できることである。（以上、傍点筆者）

何かのために、どこかへ向かって、ということでなく、ひたすら山を歩く、自然と足がそこに向かう、奥へ奥へと、あるいは水の流れに沿って深く足を踏み込まざるを得ない。その気持ちが、「分け入る」という独自の表現となっているのではないか。

そしてまた、山頭火にとって「分け入る」のは、先述したように野や山の奥深く続く道のみではなかった。それは句作の道であり、人間の道でもあったのだ。それは、自己の内部に「分け入る」ことでもあった。山頭火は昭和十一年八月十四日付の斎藤清衛あての手紙の中で、「句作の道は分け入れば分け入るほど細くなります、細い道一すじ、それが人間の道かもわかりませんね、引き返すことはできない道です」と書いている。

山頭火は奇人、変人ともいわれ、アル中の敗残者ともいわれた。しかし、一見だらしなく乱れた貌を見せつつ、日常の中で、確かな「自分の時間」とでもいうべきものを持っていたともいえる。歩くこと、そして自然と向き合い、自然を味わい、あるいは自分と向き合う、極めて充実した時間を見出していたのである。

捨てきれないもの、荷物の重さ、背負いきれない過去、執着の重さ、そういったものから解放を図り、新たな人生と句作の道を歩む山頭火像を探るとき、「分け入る」という言葉は重要なキーワードの一つであるといえるように思う。

## 求むるな、貪るな、ありのままに

山頭火は先に、「一切放下着、流れるままに流れよう」と書いていた。流れるままに、ということはすべて自然体で、何物にもこだわらず、余計なものを求めない、そんなスタンスの生き方である。

すべてを自然的に、こだわりなく、すなおに、――考え方も動き方も、くわしくいえば、話し方も飲み方も歩き方も、――すべてをなだらかに、気取らずに、誇張せずに、ありのままに、――水の流れるように、やってゆきたいと痛感したことである。

（「其中日記」昭和八年）

雀が来て遊んでいる、これも珍らしい、そして親しい。
蜻蛉の飄逸、胡蝶の享楽、蜂の勤勉、どれもそれぞれによろしい。

（「其中日記」昭和九年）

山があれば山を観る
雨のふる日は雨を聴く
春夏秋冬
受用して尽きることがない

（「其中日記」昭和九年）

すべてを自然に、ありのままに受け止め、水の流れるように生きていきたい、と語る。
それは「求めない」生き方だという。

求めない生活――私の生活について。
貧しければこそ――
ほどよい貧乏。
私が今日まで生きてきたのは貧乏のおかげだ。

（「其中日記」昭和十年）

何もかも捨てゝしまはう酒杯の酒がこぼれる

かつてベストセラーになった詩集『求めない』の著者で、信州・伊那谷の自然のなかで暮らす加島祥造さんは、「求めない」という言葉について、「もう少し安らかに生きたい、リラックスしたい、そんな時、この言葉を自分に向けると楽になった。（中略）今の人たちは強く求めすぎて自分が苦しくなったり、求める世界だけに取り巻かれて自分を見失ったりしているのかな。自然のなかにいると誰も私を求めない。自然は何も求めないからね。求めない世界にいると自分も求める気にならない」と語っている。

（「朝日新聞」二〇〇八年二月七日朝刊）

現代人は強く求めすぎて自分が苦しくなったり、求める世界だけに取り巻かれて自分を見失って不安になっているのかという問いかけには、深く共感できる。

求めない生きかた——先の山頭火の言葉がそれと響きあう。

定年を目前に控えたある会社員の新聞投書にもそれと相通ずるところを見ることが出来る。

定年退職を七月末に控え、少々落ち着かない日々を過ごすことが多くなった。（中略）現役ではなくなるのだからメリハリのある生活は難しい。充実感、達成感そして凛とした気持ちは維持できないのか。考え抜いたすえの生き方は、七十点にしようということに達した。欲張らず、頑張らず、焦ることなく。定年後は自分の意見も体力も、そして健康もすべて七十点主義とすれば、多少できるゆとりから、違う世界が見えると楽しみにしている。長い厳しい道のりが予想されるが、しっかり、ゆっくり歩いていきたい。

（「朝日新聞」二〇〇五年一月二十四日朝刊）

求め過ぎず、頑張りすぎず、七十点の人生を生きられればそれでよいのだ、そこから新しい世界が開けるという。

また、江戸後期の儒者、佐藤一斎の『言志四録』にこんな言葉があった。

家に酒気なく、庫《くら》に余粟《よぞく》有り。豊かなれども奢《しゃ》に至らず、倹《けん》なれども嗇《しょく》に至らず。俯仰《ふぎょう》愧《は》ずる無く、唯《ただ》清白を守る」。

（抄訳）「家の中に酒はないが、庫には十分な穀物がある。ものは豊かであるが、決して贅沢ではない。また倹約に努めていてもケチではない。天にも恥じず、地にも恥じるようなことはなく、ただ清廉潔白を守っているのだ

決して余分なものを求めず、また倹約には努めてもケチで惨めったらしいこともない、足るを知ることの余裕が語られている。先の投書者の、欲張らず、頑張らず、焦ることなくという言葉と、一斎の自足した清廉な日々を楽しむ言葉とはどこか重なるところがあるように思う。

それはまた、山頭火の「晴耕雨読、そして不足なく剰余もない生活、そういう生活を私は欣求する、そういう生活がほんとうの生活ではあるまいか」という言葉と深く響きあっ

ているように思われる。

## 生地で生きて行け、愚直でやり通せ

背負った荷物の重さを受け止め、人生の矛盾に向き合うために、山頭火は、不自然な生活がよくない、無理のある生活がよくない、本来無理のない自然の生活に返ることの大切さを語る。先にはそれを「流れるように」と語っていた。

何よりも不自然がよくない、いいかえれば生活に無理があってはいけない、無理があるから不快があり、不安があるのである。

買いかぶられるきまりのわるさよりも、見下げられる安らかさ。

（「其中日記」昭和十年）

「買いかぶられるきまりのわるさよりも、見下げられる安らかさ」――いかにも山頭火らしい、いい言葉だ。背伸びもしない、無理もしない、そうしたしなやかさが、いい人生につながるのだ。このせわしない時代に生きる私たちにも深く届く言葉だ。

そして、ある日の日記には「愚に返って愚を守る、本来自然の生活」（「其中日記」）という記録が見られる。

さらに、ある日には、「ゆうべのしめやかさが自分について考えさせる、――愚に覚めて愚を守れ、生地で生きて行け、愚直でやり通せよ、愚人の書でも綴れ」（「其中日記」）と書く。

そしてその二日後には、こんな記述がみられる。

苦しみがなければ喜びもない、――これが人生の相場である、
そして苦しみと喜びとの度合いは正比例する、
苦しみがはげしければはげしいほど、喜びもつよいのである。

（「其中日記」昭和十一年）

また、以前の日記でも、「一路を辿る、愚に返る、本然を守る、それが私に与えられた、いや残された最後のそして唯一の生き方だ、そこに句がある、酒があるともいえよう」と

書いている。（「行乞記」昭和五年）

山頭火の友人である池田詩外楼氏は、山頭火について、いろいろ世評はあるけれども、自分はああいう生活もあっていい、それはうつくしい生き方であり、あれまで徹した生き方を最後まで続けることは生易しいことではないと語りつつ、こう書いている。

なるほど、時に脱線されたこともあろう。それは人間の弱さ、それをもって翁の人格をとやかくあげつらうことはわたしはしない。ああいう異色のある人物が段々跡を絶ち、所謂良識ばかりの発達した同じ様な人間ばかりになるとしたら、モウパッサンではないが、なんと世の中はたいくつなものだろう。（『山頭火を語る』）

いわゆる常識人、教養人ばかりの世がいかにつまらないものか。山頭火は世間の常識や義理、そして見せかけの教養から距離を置き、愚人として、「生地で生きて行け、愚直でやり通せ」と、自らに語りかけるのである。

すべてを「軽く軽く」「早く早く」と急《せ》き立て、碌でもない人物やつまらぬ話題を持て囃す、いまこの現代の支配的な空気の中で、山頭火の「愚直に」「生地で」という言葉が、新鮮に、そして励ましとも感じられないだろうか。それは、スローな文化、スローな人生というフレーズと響きあう。

## 人生の〝荷物〟を減らす

人生も半ばを過ぎ、やがて下り坂に向かうとき、人はさまざまな思いに駆られる。これまでの来し方を振り返り、ずいぶん遠くまで来たものだという感懐に浸ったりする。

東京近郊にある多磨霊園を散策していた時、そんな句に出会った。

振分けの
荷物降ろ志て
五十路越え

五十路というと、現代ではまだ人生の真っ盛りで、終活のための「荷物を降ろす」年齢などではない。しかし墓誌を見ると、詠んだ方は昭和十六年没となっているから、当時の五十路は現代の五十歳よりはかなり高齢と言っていいだろう。

人生に一つの区切りをつける年齢に差し掛かり、これまで背負ってきた荷物を少しずつ降ろしていく。それは、持ち物や家財などに限らない。心の荷物やしがらみも相当な重さになっているのではないだろうか。

貝原益軒の『養生訓』（巻第八）に、こんな言葉があった。

「年老いては、ようやく事を省きて、少なくすべし。事をこのみて、多くすべからず。このむ事しげければ、事多し。事多ければ、心気疲れて、楽しみを失う」

これはまさに、「人生の荷物を少しずつ減らしていく」ということの勧めである。

近年、断捨離という言葉がよく使われる。主にモノの断捨離という意味で使われているが、人間、ある年齢に達するとき重要になるのは、「こころの断捨離」ということではないだろうか。

長い人生のなかでそれぞれが背負ってきた荷物の一つ一つには、かけがえのない想い出が詰まっていることだろう。感涙にむせぶ日もあったろうし、失意に落ち込んだこともあったろう。希望と絶望が交錯する日々でもあった。

「肩の荷を降ろす」という言葉もある。それを一つずつ降ろしていくと身軽になると同時に、どこか一抹の寂しさも感じたりする。

あるときは希望にあふれ、あるときは苦難に遭遇したけれど、ともかくここまでよく歩いてきたものだ、その軌跡を振り返るとき、そこにある種の安らぎをおぼえるのも事実だろう。先の句の「荷物」を降ろしてホッと一息という心情に深い共感をおぼえるのだ。

そんな自由で身軽な生き方を、山頭火はその句や日記の中で自らにしばしば語りかけている。


米があるならば、炭があるならば、そして石油があるならば、そして、そして、そしてまた、煙草があるならば、酒があるならば、あゝ充分だ、充分すぎる充分だ！

さびしいけれども、——まずしいけれども、——おちついてつつましい。——

けちけちするな、——くよくよするな、——ゆうぜんとしてつつましく。——

（以上、「其中日記」昭和十三年）


「悠然としてつつましく」——いい言葉ですねえ。シンプルライフでもこころは豊か、そんな生き方に近づきたい。そうすると人生はずいぶん楽になる。別に山頭火の真似をする必要もないし、またそれは無理な話だ。しかし、その言葉や句には、共感を呼ぶものが少なくない。

また、人生の〝荷物〟を減らし、悠然としてつつましく生きていく生き方は、別に終活の時期を待つものでもない。誰しも一定の年齢に達したとき、そしてそれまでの人生を振り返り、新たな歩みを進めようとするとき、心に止めおきたい言葉でもあろう。

# 第四章　急がなくてもいいんだよ

## ～あるがままに、無理をせず

## 悠然として、つつましく

山頭火が志向したのは、《ありのままの人生》と見ることもできる。それは、《かくあるべき人生》《ねばならない人生》とは対極にあり、漂泊と定住の日々を気ままに、自由に生きることであり、何物にも拘束されない時間と空間を持つことであった。文字通り、「行きあたりばったり！　そういう旅が、というよりも、そういう生き方が、私にはふさわしい」のであった。

もちろん、そういう生き方を支えたのは、俳友たちを中心とした各地の人々の支援であり、そこに山頭火の甘さとエゴイズムを見ることもできるが、それはさておき、以下ではその《ありのままの人生》の意味を、山頭火の言葉をもとに探ってみよう。

日が暮れたら寝る、夜が明けたら起きる、食べたくなったら食べる、歩きたくなったら歩く、——そういう生活へ私は入りつつある、それは無理のない、余裕のある、任運自在の生活である。

（「行乞記」昭和八年）

おちついて身のまわりをかたづける。
櫨紅葉を活ける、めざましいうつくしさ。
無理をするな、あせるな、いらいらするな、なるようになれ、ばたばたするな、
流れるままに流れてゆけ。

（「其中日記」昭和十一年）

そして、山頭火の言葉には、このような無理のない悠然たる生き方を志向するものが少なくない。

例えば「ぐうたら手記」と題して、「三楽」あるいは「三福」として、以下の三つを上げている

一、わがままであること、
二、ぐうたらであること、
三、やくざであること、

（「其中日記」昭和十年）

なんという非常識で身勝手な人物かよ、と思う。しかし、常識に縛られ、律義であることを求められる現代に生きる私たちにとって、どこか惹かれる言葉でもある。そして、ここでの山頭火の言葉、わがまま、ぐうたら、やくざには、山頭火独自の深い意味があるように思う。それは、本書を読み進める中で明らかになってくると思う。

そして、これは先にも引いたが、自身の求める悠然たる生き方を、日記や句に残している。

さびしいけれども、――まずしいけれども、――おちついて、つつましく。――
けちけちするな、――くよくよするな、――ゆうぜんとしてつつましく。――
（「其中日記」昭和十三年）

ゆつくり歩から萩がこぼれる
酔うてこほろぎと寝てゐたよ

そして、つまるところ、何よりも不自然がよくない、つまり生活に無理があってはいけない、無理があるから不快があり、不安があるのであるという。

なるほど、こうした自然体の徹底により、ずいぶん肩の荷が下り、楽になるに違いない。私たちの日常は、やはり無理の連鎖ではないのか、と考えさせられる。

もちろん、社会生活の中で、あるいは組織の中で、一定の無理や妥協は避けられないだろう。しかし、必要以上の無理を回避することにより、ずいぶん楽になるということはできるだろう。

あの、岸田今日子の姉で、詩人で童話作家でもある岸田衿子の詩集に、こんな印象的な言葉があった。

その作品『いそがなくてもいいんだよ』から、一編（「南の絵本」）を引いておく。

いそがなくたっていいんだよ
オリイブ畑の　一ぽん一ぽんの
オリイブの木が　そう云っている
汽車に乗りおくれたら
ジプシイの横穴に　眠ってもいい
兎《うさぎ》にも馬にもなれなかったので

ろばは村に残って荷物をはこんでいる
ゆっくり歩いて行けば
明日《あした》には間に合わなくても
来世《らいせ》の村に辿《たど》りつくだろう
葉書を出し忘れたら　歩いて届けてもいい
走っても　走っても　オリイブ畑は
つきないのだから
いそがなくてもいいんだよ
種《たね》をまく人のあるく速度で
あるいていけばいい

やさしく語りかけるその言葉に、深い感銘を受けた。

一見豊かに見えながら、なんとなく落ち着きがなく、窮屈で生き辛いこの時代に生きる私たちに、もっとゆっくりでいいんだよ、と寄り添ってくれるのだ。

些か唐突ながら、ここにこの詩を引いたのは、先の山頭火の「無理するな、あせるな」「ゆうぜんとしてつつましく」「ゆっくり歩こう」という言葉を目にしたとき、ふとこの岸田衿子の詩が思い浮かんだからだった。

## 寝ころんで青い空で青い山で

無理なく自然にということはまた、すべてをありのままに受け入れることでもある。

ありのままに一切を観る。
与えられるものを与えられるままに受け入れる、それを咀嚼し、消化する生活。
（「其中日記」昭和九年）

霧島に見とれていれば赤とんぼ
かうして旅の山々の紅葉
まつたく雲がない笠をぬぎ

「ありのまま」「あるがまま」というフレーズは、山頭火の日記にしばしば登場する、いわばキーワードである。

山頭火は「歩かない日はさみしい、飲まない日はさみしい、作らない日はさみしい」と書いた。ともかくひたすら歩くこと、自然に向き合い、自然に浸りきること、それが山頭火にとって最も充足を覚える時間であった。自然と向き合うとき、あるがままの自分に回帰できるのであった。晩年のある日の日記には、「自省自戒」として次のように記す。

> 水の流れるように、雲の行くように、咲いて枯れる雑草のように。
> 自然鑑賞、人生鑑賞、時代認識、自己把握、沈潜思索、読書鑑賞。
> 句作、作った句でなくして生まれた句、空の句。
>
> （「其中日記」昭和十二年）

そして、自然現象のみならず、この世のすべての生き物が、そのありのままの生を生き、楽しんでいる姿に、限りない親しみを感じるのである。そして、「雀が来て遊んでいる。これも珍しい、そして親しい。蜻蛉の飄逸、胡蝶の享楽、蜂の勤勉、どれもそれぞれによろしい」と書く。動物の自然体が羨ましいのだ。

寝ころんで青い空で青い山で
枯れた山に日があたりそれだけ
おとはしぐれか

このころ（昭和九〜十年頃）の日記には、ありのままに、自然に生きようという山頭火の心情がしばしば記される。同時に、「三日間まったく門外不出」「門外不出六日間、自分を見詰めつづけている」という言葉もみられる。

純真に生きる、これが私の一切でなければならない。
従容として、私は生きよう、そして死のう。
流れるままに流れよう、あせらずに、いつわらずに。

（「其中日記」昭和九年）

また、同じころの日記には、先にもふれた「明るい空しさ」「ほがらかな憂鬱」など当時の山頭火の気分を表わした独自の表現が見られる。いかにも山頭火らしい、現実をそのまま受け入れて、従容として生き抜いていこうという、自然体の生き方を見ることが出来るように思う。

このころの句。

柿落葉そのままそれでよい日向

秋もをはりの日だまりのてふてふとわたくし

また、「ありのまま」ということに関しては、こんな思索の跡もみられる。

存在の生活ということについて考える、しなければならない、せずにはいられないという境を通って来た生活、「ある」と再認識して、あるがままの生活、山是山から山非山を経て山是山となった山を生きる。……

（「行乞記」昭和五年）

「ありのまま」ということを考えるとき、臨床心理学者河合隼雄さんの「することとあること」という示唆的な言葉を思い出す。

河合さんは、することとあることという概念を対比しつつ、現代社会は何かを〈すること〉に重きを置き過ぎているのではないかという。金儲けをする、仕事をする、恋をする、ゴルフをする、読書をするなど、「多くの人が〈ある〉人生の重みから逃げたり、目をそらしたりするために、何かを〈する〉ことに狂奔している」という。それは何かを獲得すること、そして結果のみに拘泥することを重視する生き方ともいえる。そして一方で、ただ〈ある〉ということが軽視されている、いま必要なことは〈する〉人生よりも、〈ある〉人生の重みを知ることではないかという。（『河合隼雄著作集』13他）

ここには、私たちが見失ってしまった重要な視点が語られている。現代社会では何よりも〈する〉ことに価値が認められ、その結果、成果が問われる。しかし、重要なことは〈ある〉こと、〈ありのままに生きる〉時間を大切にすることにも目を向けることではないのか。仕事や雑事から逃れることはできないとしても、自身の現在を見つめ直すこと、そこから「ある」人生を見つめ直し、その時間を紡ぎ出すことはできるのではないか。そこに、新しい世界に出会い、新たな自分を発見することもできるのではないか。

もちろん、山頭火の「ありのまま」をそのまま真似ることはできない。しかし、山頭火の言葉から、学ぶべきことは少なくないように思う。

## 生きるとは味わうこと

ありのままに生きるということは、自分の人生を生きること、その人生を味わうことではないか、山頭火はそう問いかけている。

山頭火にとって人生とは、そして生きるということは、「味わう」ことでもあった。「活きるとは味わうことなり、味わうより外に活きることなし」「味わう心、五十にして物の味を知る、知味」と書き、そして句を作ることも、山頭火にとっては人生を味わうこと、生活を深めることであった。

草花を摘みつつ、柏餅を食べつつ、酒を飲みつつ、考える。――
うつくしいものはうつくしい、うまいものはうまい、それが何であっても、
野の草花であっても一銭饅頭であってもいいのである、

物そのものを味わうのだから。

（「行乞記」昭和七年）

物そのものを味わうことの意味──。それは人生にも通じるのだ。
そして、持って生まれた性情を尽くす──そこに人生の意味もあるという。
つまり、生きるとは味わうことなのだ。

人間の生き甲斐は味わうことにある、生きるとは味わうのだともいえよう、
そして人間の幸は「なりきる」ことにある、乞食は乞食になりきれ、乞食に
なりきらなければ乞食の幸は味わえない、人間はその人間になりきるより外に
彼の生き方はないのである。

（「行乞記」昭和七年）

味わう──物そのものを味わう（中略）──与えられた、というよりも
持って生まれた性情を尽す──そこに人生、いや、人生の意味がある
のじゃあるまいか。

（「行乞記」昭和五年）

山頭火はまた、人生は一期一会であると語りつつ、その時その場のそのものをしみじみと味わえ、山を観るとき、空を仰ぐとき、草に触れるとき、人に接するとき、酒を飲むとき、飯を食べるとき、……すべてのものをしみじみと味わう、という。

まさに、人生は一期一会なのだ。

それだけに、喧騒や雑事や既成の価値観に煩わされることなく、与えられた時間を慈しみ、味わうことが重要なのである。

ありのままということは、一見怠惰の勧めのように聞こえるが、自分に忠実に生きるという意味では、極めてクリエイティブといえる。だから、そこから多くの作品が生まれたのだ。

## 底光りする人生、底光りする作品

この世間では様々なことに出会う。良いこともあれば悪いこともあり、好きなことも嫌いなこともある。気の合う人もいれば嫌な奴もいる。優れた人物や人格者もいれば、目立つことのない凡人もいる。そんな中で、山頭火は傑出したものよりも、普通であることや平凡な人間が好きだという。

あたりまえの事が好きになった、平凡のうちに見出される味が本当のものだと思う、昔は二二ヶ四でないことを祈ったが、今は二二ヶ四であることを願う。

（「行乞記」昭和八年）

底光り、人間は作品は底光りするようにならなければ駄目だ、拭きこまれたる、磨きあげられたる板座の光、その光を見よ。

平凡の光、凡山凡水、凡人凡境、それでよろしい。

（「其中日記」昭和十年）

なるほど、底光りの人生か。いい言葉だなあ。

この言葉についてはその翌年にも、「生地を磨く、磨いて磨いて、底光りするまで磨く、そういう俳句を私は作りたい」と書く。

山頭火はこの言葉を、基本的には句作について語っているわけだが、「人間は作品は」と書いている通り、人間や人生についても語っているのである。

虚飾の繫栄、上辺だけの派手さ、目立ちたがり屋だけがもてはやされる現代、平凡であることや、底光りするものに注目すること、平凡の中に実は人生の大切な真実があるという、この言葉は、今この時代、もう一度注目され、大切にされてもいい言葉ではないのか。山頭火の言葉に、そんなメッセージを読むことも出来るように思われる。

我儘ということについて考える、私はあまり我がままに育った、そしてあまり我がままに生きて来た、しかし幸いにして私は破産した、そして禅門に入った、おかげで私はより我がままになることから免れた、少しずつ我がままがとれた、現在の私は一枚の蒲団をしみじみ温かく感じ、一片の沢庵切をもおいしくいただくのである。

（「行乞記」昭和五年）

満足のいく人生でなくともいい。贅沢である必要などない。必要最低限のものがあれば十分暮らしていけるし、そこに人生を深く味わう日々がある。

山頭火が敬愛し、その日記にもしばしば登場する禅僧良寛が、諸国行脚のあと帰郷して国上山の五合庵で詠んだ、こんな詩がある。

生涯身を立つるに懶《ものう》く、（生まれてこの方立身出世的なことがめんどうで）
騰々《とうとう》、天真に任す。（ぼんやりと天然自然の真理に任せる）
嚢中《のうちゅう》、三升の米、（頭陀袋《ずだぶくろ》の中には三升の米）
炉辺、一束の薪《たきぎ》、（その米と燃し木のほかに何が要ろうか）
誰か問わん、迷悟の跡、（迷いだ悟りだと問う必要もなく）
何ぞ知らん、名利の塵《ちり》（名誉や利得も自分の知ったことではない）
夜雨、草庵の裡、（夜、雨の音を草庵の中で聞きながら）
双脚、等閑に伸ばす。（二本の脚をのんびり伸ばしているだけだ）

（吉野秀雄『良寛』）

どこか山頭火の自在な生き方と重なるところがある。
山頭火はともかく、立身とか、世評とかいうものから最も遠い生き方を選択したのだ。
以下の言葉に、その思いを見ることができる。

型にはめて生きた人間を評して貰いたくない、生身は刻刻色もかわれば味もかわる、それでよいのだ、それが本当だ、私は私でたくさんだ、山頭火は山頭火であればけっこうだ。

（「其中日記」昭和七年）

山頭火の思い、というより決意のようなものをみることができる。

あるがまま、ということは、いい加減ということとは違う。それは自身に忠実に生きる自由さとでも言ったらいいだろうか。「山頭火は山頭火であればけっこうだ」という言葉に惹かれる。それは、自分を見つめること、自分に向き合うという眼を大切にすることでもある。

それこそ、底光りする人生といえるだろう。

## 少し隙のある人間がいい

「底光りする人間」に加えて、山頭火はもう一つ「隙のある人間」という人間像を志向する。いたずらに目立ったり、必要以上に買い被られたり、また、隙のない生きざまを無理に求めることは、山頭火の性に合わないのである。

友よ、私を買いかぶる勿れ――と今日も私は私に向って叫んだ、彼は私を買い被っている、私に善意を持ちすぎている、君は私の一面を見て他の一面を見ないようにしている、君は私の病所弱点缺陥を剔抉《てっけつ》（暴き出すこと＝筆者注）し指摘して、私を鞭撻しなければならない、私は買い被られているに堪えない、私は君の笑顔よりも君の鞭を望んでゐる、――これは澄太君に対する私の抗議――という外あるまい――である。

（「其中日記」昭和九年）

そして、後日にはこんな記録もある。

買いかぶられることは苦しい恥かしい。
見下げられることは安らかだ。
over-value よりも under-value がよい。

（「其中日記」昭和十一年）

買いかぶられるきまり悪さよりも、見下げられる安らかさがいいのだ。そこに、謙虚さというか、自分に忠実に生きたいという山頭火の真摯な心情が読み取れる。
これは、次のような山頭火の人間観につながる。

隙のない人間よりも隙のある人をなつかしむ。現代人はあまりにも自分を擁護するに才走った人が多くて、人のために労務を惜しまない様な、そして人生巡礼者が少ないのはさみしい。

難がなくて衝きどころの無い論よりも、少しは抜けていて隙のあるもののほうがうれしい。

（以上、「愚を守る」初版本）

人格高潔な、非の打ち所のない人物より、少し隙のある、ほころびのある、そして欠点もある人物のほうが楽しいのだ。

テレビやメディアでもてはやされる華やかな人生や自己顕示欲が見え透く常連たちより、無名でも自分に忠実に生きている人々の生き方に拍手を送りたい。――山頭火が今この時代に生きていたら、そんなことを語るかもしれない。

無理しない、あるがまま、自分をごまかさず、底光りする人間、隙のある人間、……こうした言葉に山頭火の生き方と人間観の一端を見ることができる。「無理するな、素直であれ。——すべてがこの語句に尽きる。この心構えさへ失はなければ、人は人として十分である」という総括的な言葉が、それを語っている。

## 内なる自分に向き合う

自分を抑えながら、無理して世間や周囲に合わせていく生き方よりも、あるがままに生きる、無理なく素直に、というのが山頭火の志向したものであった。それは自分の歩幅で自分の人生を生きる、ということでもある。

そのあるがままということは、なるようにしかならないという諦観とは違うものである。むしろ自分に素直になる、自分を見つめるということにつながるのではないか。

山頭火は、早い時期から、内なる自分とでもいうべきものをしっかり見つめる、鋭い鋭敏な目を持っていた。自分の内的世界に眼を向けること、それに向き合うことは容易なことではない、むしろそれはつらい仕事でもある。

大正初期、まだ郷里山口県に妻子とともにいたころ書いたものには、そのような記述がしばしばみられる。自然主義文学の影響を受けて、文学活動に熱中していた時期でもある。酒造業の一家の主という現実と、文学の世界への憧憬の中で苦悩した日々でもある。

そのころ山頭火の書いたものには、「自己」という言葉が頻繁に表れる。まだ三十代前半、熊本へ転居する直前である。そこには、若さゆえのある種の気負いも感じられるが、しかしそのひたむきさも伝わってくる。

お前がお前自身を掘ってゆくならば、きっと悪魔にぶっつかるであろう。しかし失望せずに憤慨せずに、じっとその悪魔を見詰めておれ。その悪魔が神となるまで見詰めておれ。お前は其処で、他の何物にも代え難い尊い或物を見出すであろう。

（「層雲」大正三年五月号）

私が私自身の王であり得たならば、私はやがて千万人の王となり得るであろう。

（同、大正四年三月号）

妻があり子があり、友があり、財があり、恋があり酒があって、尚寂しいのは自分というものを持っていないからである。

（同、大正五年三月号）

自己の内部に眼を向けること、その自己を掘り下げていくこと、そのことが、新しい発見、新しい自己の確立につながることになる。自己探求の道、それは険しく厳しいものである。しかし、その厳しさを回避することからは、いい句は生まれない、本当の自分の人生を生きられないのだ。

山頭火の自己の内部に向かう眼へのこだわりは、あの人間の内的世界、無意識の世界の意義を語ったC・G・ユングの人間観を思い出させる。

ユングは、人間がその内的世界と向き合い、あるいはそれと対決することを通じて、人格の発達、個性化をはかり、こころの全体性を回復していくのだと語った。

山頭火は後年、木村緑平への手紙で「人生とは何か、それは持って生まれて来たものを打ち出すことだと思います、その人のみが持つもの、その人のみが出しうるものを表現することだと信じます」と書いている。

いわゆる、ユングのいう「自己実現」「個性化」に近いものともいえないだろうか。

山頭火は生涯、行乞と庵住の生活を繰り返すわけであるが、甘えと怠惰な日常を引きずりつつも、自分と向き合い、それを深めていくというスタンスを決して捨てることはなかった。

日記の中からもう少し引用しておく。

今日は誰にも逢わなかつた、自己を守って自己を省みた、——私は人を軽んじていなかつたか、人を怨んでいなかつたか、友情を盗んでいなかつたか、自分に甘えていなかつたか、私の生活はあまりに安易ではないか、そこには向上の念も精進の志もないではないか。

（「行乞記」昭和七年）

早起はよい、朝の読書もよい、頭脳が澄みきって、考える事がはっきりする、あまり句は出来ないけれど、自己省察、というよりも自己観照——それが一切の芸術の母胎——が隅から隅まで行き届く、自分というものが、そこらの一草一石のように、何のこだわりもなく露堂々と観照される。

（「其中日記」昭和八年）

旅に出ても庵住していても、真摯な思索と内省の姿勢を堅持している。

山頭火は「其中日記」（昭和八年）の冒頭で、「其中日記は山頭火が山頭火に呼びかける言葉である」「日記は自画像である」と書いているが、まさにそれは自己省察、自己観照の記録であり、貴重な人間的記録なのだ。

また、「愚を守る」初版本では、人は時代や環境の影響を受けないではいられないけれど、肚の底にがっちりしたものを持っていなければならない、時代や環境に順応しつつ、そして自分自らの道を進まなければならない、と書いている。

大切なのは、自分をごまかさない生き方である。

## 明けない夜はない

先に述べたように、若き日の山頭火は自身の内部の声に耳を傾けつつ思索し苦悩し、句作に邁進した。大正五年には、数年前から投稿していた荻原井泉水の「層雲」の選者の一人となったが、以下の言葉はその頃のものである。

自分の道を歩む人に堕落はない。彼にとっては、天国に昇ろうとまた地獄に落ちようとそれは何でもない事である、道中における夫々の宿割に過ぎない。

（「赤い壺」㈡、傍点筆者）

夜は長いであろう。しかし夜はいかに長くても遂には明けるであろう。明けざるを得ないであろう。闇の寂しさ恐ろしさに堪えて自己を育てつつある人の前には、きっと曙が現れて来る。

（前掲書、傍点筆者）

「自分の道」「自己を育てる」という表現に、山頭火の思索の跡と決意のようなものを見ることが出る。

世間の眼や常識にとらわれず、自分の道を進む、それが一貫した山頭火の生き方であった。だから、たとえ清貧に安んじても閑寂を楽しむ、そうなる外ない、それが時代おくれであろうと、何であろうと、と語り、昨日を思わず明日を考えず今日、今日は今日を生きる、これがやっぱり私の真の生活である、と独白するのであった。

また、ある日の日記には「何のための出家ぞ、何のための庵居ぞ、落ちつけ、落ちつけ。

三日の夜から今朝まで考えつづけた、そしてある程度の諦観を握ることが出来たので、掃いたり拭いたり、身辺を整理した」と書く。

たとえそれが時代おくれであろうとも構わない、ただ今日を生き、我が道を行く、山頭火の信念を物語る言葉である。

今日もしみじみ感じたことであるが、私もとうとう「此一筋」につながれてしまった、私の中で人と句とが一つになっている、私が生活するということは句作することである、句を離れて私は存在しないのである。（「其中日記」昭和十年）

農夫のうちかえす一鍬一鍬は私の書く一字一字でなければならない、彼にありては粒々辛苦、私にありては句々血肉である。（「其中日記」昭和九年）

この言葉に関して大山澄太は、「山頭火は、農夫が一鍬一鍬耕して美しいトマトを作るように、一歩一歩旅をし、一息一息心を耕して、そこから一句一句を作ったのである」と語っている。（「山頭火　句と言葉」、『山頭火の本』別冊２所収）まさに「句々血肉」は「粒々辛苦」なのである。地道に、一歩一歩たゆまない努力の積み重ねが、句に結実するのだ。

このみち

このみちをゆく――このみちをゆくよりほかない私である。
それは苦しい、そして楽しい道である、はるかな、そしてたしかな、
細い険しい道である。
白道である、それは凄い道である、冷たい道ではない。
私はうたう、私をうたう、自然をうたう、人間をうたう。

（「其中日記」昭和十年）

白道《びゃくどう》（二河白道《にがびゃくどう》）とは、西方の極楽浄土に往生する信仰心を、貪欲の水の河と怒りの火の河に挟まれた細い清らかな道に譬えた言葉である。この厳しく過酷な道を進むほかはないという山頭火の決意を見ることが出来る。
行乞を始めたころの日記には、こんな句がみられる。

ふりかへらない道をいそぐ

## 道はどこにあるのか

山頭火が日向地方を行乞したとき、痩せて、見るから神経質らしい中年の男に出会った。

男は山頭火にこう問いかけた。

「あなたは禅宗の坊さんですか。……私の道はどこにありましょうか」

山頭火はこう答えた。

「道は前にあります。まっすぐにお行きなさい」

男は山頭火の即答に満足したらしく、彼の前にある道をまっすぐに行った。

この挿話を引いた後、山頭火はこう記している。


道は前にある、まっすぐに行こう。——これは私の信念である。この語句を裏書きするほどの力量を私は具有していないけれど、この語句が暗示する意義は今でも間違っていないと信じている。

句作の道──道としての句作についても同様の事がいえると思う。句材は随時随所にある、それをいかに把握するか、言葉をかえていえば、自然をどれだけ見得するか、そこに彼の人格が現われ彼の生涯が成り立つ、彼の句格が定まり彼の句品が出てくるのである。（中略）

所詮、句を磨くことは人を磨くことであり、人のかがやきは句のかがやきとなる。人を離れて道はなく、道を離れて人はない。

道は前にある、まっすぐに行こう、まっすぐに行こう。

（「三八九」第六集）

同様のことは、後の日記にもみられる。

ある時は、水の流れるように、雲のゆくように、咲いて枯れる雑草のように、と書き、ある時は、自然鑑賞、時代認識、自己把握、沈潜思索、読書鑑賞とメモをし、句作、作った句でなくして生まれた句、空の句、と書き記している。

また昭和十一年の年頭所感には、こうも書いている。

年頭所感──

芭蕉は芭蕉、良寛は良寛である、芭蕉になろうとしても芭蕉にはなりきれないし、良寛の真似をしたところで初まらない。
私は私である、山頭火は山頭火である、（中略）
私は山頭火になりきればよろしいのである、自分を自分の自分として活かせば、それが私の道である。

（「旅日記」昭和十一年）

「私は私である」「山頭火は山頭火である」という言葉は先の「其中日記」にも出てきた。この「旅日記」の年頭所感に改めて記されたということは、そこに山頭火の強い意志を感じることができる。

もちろん、山頭火はここで、自身の生き方、自身の句作について語っているわけであるが、それは、時代や環境との付き合い方、自身のとるべきスタンスについて戸惑いつつある現代人にとっても、示唆的な言葉といえよう。

ぐうたらで大酒のみの山頭火が、実はこうした強靭な精神の持ち主でもあったことに感動する。

ともするとメディアや環境に惑わされがちな私たちにとって、あるいは同調圧力の強い環境にあって、「自らの道」、そして先述した「動いて動かない心」「肚の底のがっちりとしたもの」を堅持することは、極めて重要なことであるように思う。

ある時、作家渡辺京二の文章（『無名の人生』）を読んでいて、次のような一節が目に止まった。

人間の一生には幸福も不幸もあるけれど、その評価は、自分で一生を総括してどう考えるかの問題だということになる。他人が判断できることではない。幸福度を客観的に測る基準などないからである。

人間の幸福とは、掴みどころのないもの。それでも、一つだけ言えることがある。幸不幸の入り混じった人生ではあっても、それを通観してみて、自分なりの尺度でもって判断することはできる。幸も不幸もあったけれど、どちらがより多かったのか、無駄な一生だったと振り返るのか、それとも実りの多い人生だったと思うのか。

渡辺氏はこう書きながら、大切なことは自分の人生をあるがままに受けとることだろう、と語っている。

いたずらに外からの目を気にせず、周囲と比較することなく、自分の道をまっすぐ歩く、自分の人生を肯定する、そのことが充足の人生を全うすることに繋がるのではないだろうか。

山頭火は「私は私である、山頭火は山頭火である」と語っていた。私たちもまた、「私は私である」と言い切れる人生を目指したいと思う。

# 第五章　平凡でも無名でもいい、自分の人生を生きるのだ

## 〜見捨てられたものへの眼差し

## 雑草にうづもれてひとつやのひとり

山頭火の句の中でとくに注目したいのが、雑草をうたった句の多さである。それは、漂泊の旅に明け暮れた山頭火の一時期の定住の拠点であった故郷山口の小郡の其中庵が、市井から遠く隔たった、木々や雑草に囲まれた場所にあったというロケーションによるものでもあろうが、もちろん行きずりの道で出会ったものを含めて、山頭火は雑草に温かい眼差しを向け、それを句に詠んだ。こうした、いわば見捨てられたものへの親しみの眼差しは、その姿に己の姿を重ねていたからかもしれない。

やつぱり一人がよろしい雑草
雑草にうづもれてひとつやのひとり

独り居の山頭火にとって、雑草はかけがえのない伴走者でもあったのだ。
雑草はその効用性という点からみると全く無用の、むしろ邪魔ともいえる存在で、負の価値を持つものである。「雑草を抜く」「雑草を刈る」「草取り」「除草剤」など、ネガティブなフレーズばかりが目立つ。

しかし、だからこそ、逆にそのひっそりとして決して目立たない、健気で、しかし逞しく生きる姿に、山頭火は限りない思いを寄せているのである。

大山澄太は、昭和八年三月、其中庵を訪れているが、その姿を次のように書いている。

「庵は草屋根で、荒壁で、壁のあるところは土が落ちて穴があいていた。……そのころの農家としては倉も納屋もなく、小さいものであった」(『全集』第四巻解説)。

もちろん、余計な家具などはなく、必要最小限の炊飯用具と小さな机などが置かれた殺風景なものであった。その簡素な生活の質素な食卓に、しかし野の花がさりげなく飾られていた。庵主の野の花への思い、さびしさ、やさしさが偲ばれる。

そのころの日記にも、「雑草を活けかえる、いいなあとばかり見惚れる」「今日の雑草は野撫子《のなでしこ》だった、その花の色のよろしさ、〈日本〉そのものを見るようだ」など、雑草がしばしば登場する。

雑草の良さはその花の季節ばかりではない。季節ごとに、折々の良さがあるのだ。いくつかの句を拾ってみる。

伸びるがまゝの雑草の春暮れんとす
雑草伸びたまゝの紅葉となっている
枯れゆく草のうつくしさにすわる
雑草はうつくしい淡雪

伸びすぎても、茂りすぎても、紅葉しても、枯れても、あるいは雨にぬれても雪をかぶっていても、それぞれに味わい深いのである。四季を通じて、雑草が山頭火に寄り添うのである。

## ひっそり咲いてちります

あらゆる雑草の句を詠んだ山頭火であるが、そこにはおのずとその好みや美学があった。その日記から、山頭火の拘りをみてみる。

私は木花よりも草花を愛する。春の花より秋の花が好きだ。西洋種はあまり好かない。

野草を愛する。
家のまわりや山野渓谷を歩き廻って、見つかりしだい手あたり放題に雑草を摘んで来て、机上の壺に投げ入れて、それをしみじみ観賞するのである。
このごろの季節では、蓼《たで》、りんどう、コスモス、芒、石蕗《つわぶき》等々何でもよい、何でもよさを持っている。

（「愚を守る」初版本）

その雑草は、壺に投げ入れたままで、そのままで何ともいえない表情をみせる。なまじ手を入れると、入れれば入れるほど悪くなるという。何よりも、その自然のままの姿が好ましいのだ。

つゝましくこゝにも咲いてげんのしょうこ
すゞしくなでしこをつんであるく
ひとり住めば雑草などを活けて

放浪と漂泊の生涯を送った山頭火であったが、先にも述べたようにその一時的な定住の地の一つが其中庵であった。

風雪を経て老朽化した建物が、いま復元されている。先ごろここを訪れた私は、ここがあの其中庵かと、深い感懐に囚われた。そして、山頭火の生涯や作品の数々がつぎつぎと心に浮かんでくるのであった。まさに、ある時期にはここを拠点にして厳しい自活と創作の日々を送り、ある時は酒に溺れ、そしてまた旅に明け暮れたのである。

その建物の雰囲気や周辺の庭や樹々の佇まいにも、山頭火の息遣いが感じられるようであった。夥しい雑草の句も、この得難い環境のなかで詠まれたということに納得できるような気がした。

午後は草取、取らずにはいられない草だけ取る、雑草、雑草、雑草風景は悪くない、其中庵にふさわしい。

（「行乞記」昭和八年）

犬ころ草がやたらにはびこる、その穂花が犬ころのような感じで好きな草だ、其中庵の三雑草として、冬から春はぺんぺん草、春から夏は犬ころ草、秋はお彼岸花をあげなければなるまい、そのほかに、草苺、青萱、車前草、蒲公英《たんぽぽ》。

（「行乞記」昭和八年）

そのやさしい姿が、そして可憐な花が、其中庵の殺風景な室内を彩る。派手でも豪華でもない、ささやかでシンプルそのものの一輪の花の姿への思いが、山頭火の美学を思わせる。

やがてその花々も季節に装いを変えながら、枯れてゆくのである。

雑草に四季の移ろいを重ね、人生を、そして自身の姿を重ねるのだ。

雑草みのつて枯れてゆくその中に住む
雑草もみづりやすらかなけふ
ひつそり咲いてちります

## 雑草風景が山頭火風景となる

雑草にうもれ、それを眺めることは何よりの安らぎとなり、また生へのエネルギーを与えてくれるものであった。そしてまた、雑草のありよう、生き様から学ぶべきところも少なくない。

私たちの生活は雑草にも及ばないではないか（と草取りをしながら私は考えた）。見よ、雑草は見すぼらしいけれど、しかもおごらずおそれずに伸びてゆくではないか、私たちはいたずらにイライラしたり、ビクビクしたり、ケチケチしたり、ニヤニヤしたりしてばかりいるではないか、雑草に恥じろ、頭を下げろ。

（「其中日記」昭和八年）

いたずらにイライラしたり、びくびくしたり、一喜一憂したり、という気分は、現代人たちにとっても日常的に経験することであろう。とすると、それとは対極とも思える雑草の生き方と、山頭火のそれに寄せる思いには共感されるところが少なくないように思える。

また、山頭火はみずからを「雑草的存在」「雑草的生活者」と語り、「雑草風景」はそのまま「山頭火風景」となるのである。さらに山頭火は、単に雑草のみならず、「雑」という字の付くあらゆるもの、雑木、雑魚、雑兵などに限りない親しみを感じると語っているが、それは、価値のないもの、見捨てられたものに対する慈しみであり、同時にそれに何よりも自分自身を重ねているからである。


存在の世界、あるがままの世界、それを示現するものとして私の周囲に雑草がある。

雑草の花、それを私の第何集かの題名としたい。

生活の単純化、そこから日本的なものがうまれる。

（「其中日記」昭和九年）


草のうつくしさ、萌えいずる草の、茂りはびこる草の、そして枯れてゆく草のうつくしさ。

雑草！　その中に私自身を見出す。

（「其中日記」昭和九年）


花は愛着に散り草は忌嫌《きけん》に生ず、というが雑草のよさが解らなければ自然の心は解らない、雑草はおのがじしそのところを得てそのまことを表現している。

（「一草庵日記」昭和十五年）

過日、日本画家堀文子がテレビで「牡丹じゃない。ぺんぺん草でもいい。でも、本当のぺんぺん草になりたい」と語っていた言葉が印象に残った。

（ＮＨＫテレビ「画家堀文子九十三歳の決意」）

派手で華麗な牡丹などではなく、雑草の代表格ともいえるぺんぺん草に寄せる堀文子の思いが、雑草に深く思いを寄せる俳人山頭火と響きあっているように思えたのだった。

## 雑草をうたわずにはいられない

これまで、雑草をうたった句をいくつか取り上げてきた。しかしその句には際限がない。そのことはそのまま山頭火の思いの深さを物語っている。雑草をうたわずにはいられない、というのだ。

いつみても、なんぼうみてもあかない雑草、みればみるほどよい雑草、私は雑草をうたわずにはいられない。

（「其中日記」昭和九年）

雑草！　私は雑草をうたう、雑草のなかにうごく私の生命、私のなかにうごく雑草の生命をうたうのである。

雑草を雑草としてうたう、それでよいのである、それだけで足りているのである。

雑草の意義とか価値とか、そういうものを、私の句を通して味解するとしないとはあなたの自由である、あらねばならない。

私はただ雑草をうたうのである。


（「其中日記」昭和十年）


多くの雑草の句から、さらにいくつかを引いておく。

雑草への思いを語った先の言葉を味読しながらその句をよむと、更に味わいが進化するように思う。

雑草みんないっしんに雨を浴びて
雑草そのままに咲いた咲いた
雑草よこだはりなく私も生きてゐる
ここに咲いてこゝに散る花のしづか

そして、山頭火の雑草への思いは、句集の題名にするほどのものとして語られている。

私は雑草を愛する、雑草をうたう。
第四句集の題名は雑草風景としたい。
雑草風景は雑草風景である。私は雑草のような人間である。
雑草が私に、私が雑草に、私と雑草とは一如である。
（「其中日記」昭和十年）

実際、山頭火の第四句集は、『雑草風景』として昭和十一年に刊行されている。

## 見捨てられたものを慈しむ

雑草の一般的なイメージについて考えてみると、たとえばそれは何ら価値を持たない無用の存在ではあるが、しかし、そこに媚びず、奢らず、あるがままの存在、たくましい生命力とでもいうべき姿を見ることもできる。

山頭火は、そのような地味で、無価値で、人々が見向きもしないものに、逆に熱い眼差しを向けるのである。先にもふれたが、雑草、雑木、雑魚、雑兵、など雑といふ字のつく物事に限りない親しみと喜びとを感じる、と語るのである。

また、雑草の世界はありのままの世界である。しかし、その平凡なもの、見捨てられたもののなかにこそ深い味わいがあるということに気づかされる。そして、一見何でもない山村風景に何とも言えない良さを感じたり、見捨てられたものにやさしい眼差しを向ける。

いつからとなく私は「拾うこと」を初めた、そしてまた、いつからとなく石を愛するようになった、今日も石を拾うて来た、一日一石としたら面白いね。

拾う――といっても遺失物を拾うというのではない、私が拾うのは、落ちたるものでなくして、捨てられたもの、見向かれないもの、気取っていえば、在るものをそのまま人間的に活かすのである。

（「行乞記」昭和七年）

目立たず、奢らず、媚びず、ありのままに、あるがままに生きる雑草、そして見棄てられたもの、見向かれないものに眼差しを向け、共感を誘う、それはまた、山頭火が志向した、ありのままの、あるがままの人生につながるものなのであった。
当たり前のこと、平凡、凡人、雑事、一見振り向きもされないそんな些事が、山頭火にとっては掛け替えのない大切な存在なのである。

雑草はみなよろしい、好きである。
凡山凡水、凡人凡境、それぞれでけっこうです。

（「其中日記」昭和九年）

余談になるが、あの「かっぱ天国」などの漫画で知られる清水崑も、「雑」の付くものが大好きだったという。清水の漫画は温かく、名もなき人びとに寄せる深い心情を描くものとして親しまれているが、事実、清水が好きな言葉には「雑」がつくものが多く見られる。長崎市の清水崑展示館の資料には、清水は雑煮、雑炊、雑兵、雑草、雑巾など、〝雑〟のつく言葉を愛し、庶民の生活のなかにある、踏みつけられても耐える根強さ、素朴さにひかれた、とある。
そういえば、あの清水の漫画が人々の深い共感を誘うことにも、一層納得できるように思われる。

鎌倉の円覚寺塔頭松嶺院で清水の墓に出会ったとき、その素朴な自然石の墓碑の佇まいに、深く心を打たれたことを思い出した。

雑草の句を含む山頭火の句や言葉にどことなく惹きつけられるのも、それが清水崑の思いとどこかで響きあうところがあるからかもしれない。

## 人間が人間には最もおもしろい

山頭火はその放浪の途中で、様々な人々、とくに厳しい時代環境の中で落ちこぼれつつも、健気に生きている人々と出会う。なかでも、多くの世間師たちと出会い、一宿を共にし、その生きざまを冷静に観察し、しかし共感を持って書きとめている。

世間師とは定職を持たず放浪しながら物を売り、芸を披露して糊口を凌いでいた人々である。この時代、多くの世間師たちが、日本の各地を渡り歩いていたのである。そして、彼らもまた山頭火と同じ放浪者であった。そしてまた彼らは社会からドロップアウトした、いわば見捨てられた人々であった。

もちろん、行商などを生業とした人々もいたが、多くは底辺で生きた人々であった。いわば雑草だった。

山頭火は、その雑草たちを、温かく見つめ、また冷静に記録している。

同宿の人が語る「酒は肥える、焼酎は痩せる」彼も亦アル中患者だ、アルコールで自分をカモフラージしなくては生きてゆけない不幸な人間だ。

鮮人か内地人か解らないほど彼は旅なれていた、たゞ争われないのは言葉のアクセントだつた。

同宿の人は又語る「どうせみんな一癖ある人間だから世間師になっているのだ」

私は思う「世間師は落伍者だ、強気の弱者だ」

流浪人にとっては食べることが唯だ一つの楽しみとなるらしい、彼等がいかに勇敢に専念に食べているか、その様子を見ていると、人間は生きるために食うのじゃなくて食うために生きているのだとしか思えない、実際は人間というものは生きることと、食うこととは同一のことになってしまうのであろうが。

とにかく私は生きることに労れて来た。

（「行乞記」昭和五年）

雑草や世間師たちだけでなく、山頭火は放浪の途上出会った同宿の名もなき人びと、真面目に生きている人々にやさしい眼差しを注ぐのだ。

そしてその健気な姿に涙ぐむことまであった。

同宿二人、一人は研屋《とぎや》さん、腕のある人らしい、よく働いてよく儲けて、そしてよく費ふ――費ひすぎる方らしい、飲まなければ飲まないですむが、飲みだしたら徹底的に飲む、いつかも有金すっかり飲んでしまつて、着ている衣服はもとより煙草入まで飲んでしまいましたよ、などとニコニコ話してくれた、愉快な男たることを失わない、他の一人は蹴込んでマッチを売ってあるく男、かなり世間を渡っているのに本来の善良性を揚棄しえないほど善良な人間であつた。

（「行乞記」昭和七年）

今夜同宿の行商人は苦労人だ、話にソツがなくてウルオイがある、ホントウの苦労人はいい。

（「行乞記」昭和五年）

同宿の新聞記者、八目鰻売、勅語額売、どの人もそれぞれ興味を与えてくれた、人間が人間には最も面白い。

（「行乞記」昭和七年）

世間師には明日はない（昨日はあっても）、今日があるばかりである、今日一日の飯と今夜一夜の寝床とがあるばかりだ、腹いっぱい飲んで食って、そして寝たとこ我が家、これが彼等の道徳であり哲学であり、宗教でもある。

人間の生甲斐は味わうことにある、生きるとは味わうのだともいえよう、そして人間の幸は「なりきる」ことにある、乞食は乞食になりきれ、乞食になりきらなければ乞食の幸は味わえない、人間はその人間になりきるより外に彼の生き方はないのである。

（「行乞記」昭和七年）

共感者にして冷静な観察者でもあった山頭火は、こうした世間師たちや同宿の人々から、多くを学び、句を作り、自らの人生哲学構築の糧とした。人生とは味わうことである、人間の幸せは、そのものになりきることである、などの言葉は、実体験からしか生み出し得ない珠玉の言葉といえる。

山頭火が接触した世間師を生んだ時代状況とはどういうものであったのか。

世間師自体は江戸末期のころから存在していたようであるが、山頭火が世間師たちに出会った、主に大正の後半ごろから昭和十年代の前半のころは、日本にとっても大きな激動の時代であった。

主な出来事の一端を振り返ると、大正十二年の関東大震災、昭和に入ると金融恐慌が始まり、農業恐慌、失業者の急増、五・一五事件（昭和七年）、二・二六事件（昭和十一年）、盧溝橋事件、日中戦争（昭和十二年）を経て、軍部主導の戦時体制の強化が進行していった。

そうした中で農村は疲弊し、国民生活は貧しく、逼塞していた。それがまた、この時代の世間師の急増の一因ともなったといえよう。

どうしようもないドロップアウトの放浪者と自称しつつも、山頭火はこの時代にあっては高学歴者であり、インテリであった。時代を見る眼、批判精神は失ってはいなかったのだ。

そんな時代や世相、そしてその底辺で生きた人々を、山頭火は克明に記録し、率直な心情をつづっている。そして、人間が人間には最も面白い、と書く。

山頭火は時代の冷静な観察者であると共に、弱き者へやさしい眼差しを注ぐ、熱い共感者でもあったのだ。

雑草へのやさしい眼差し、世間師たちへ寄せる思い、そうしたいわば見捨てられたものたちへの山頭火の眼差しは、平凡でも無名でもいい、それぞれの生を逞しく生きるのだ、というメッセージにも聞こえる。

# 第六章　寂しさこそが、人生だ

## ～一人がよろし、されど一人はさみし

## 何でこんなにさみしい風ふく

山頭火にとっては、これまで見てきたように、「歩くこと」「自然に向き合うこと」「あるがままに生きること」が、かけがえのないものであり、それが充足した至福の時間でもあった。

然《さ》り乍《なが》ら、山頭火は徹底した脱俗・漂泊の人生を送ったわけではなかった。いや、むしろしばしば耐え難い寂寥感に襲われた。

「ノンキの底からサミシサが湧いてくる、いや滲み出てくる」と書く「サミシサ」という片仮名、「滲み出てくる」という表現が強烈だ。こうして、しばしばその心情を率直に吐露している。決して格好をつけない、飾ったりしない、その率直さもまた山頭火の魅力である。

なんでこんなにさみしい風ふく
かな〳〵ないてひとりである

さみしい鳥よち丶となくかよこ丶となくかよ

さみしいなあ――ひとりは好きだけれど、ひとりになるとやっぱりさみしい、わがままな人間、わがままな私であるわい。

（「行乞記」昭和五年）

悠々たる一人の時間を楽しみつつ、一方で、寂しい心情を率直に吐露する。そのような矛盾した生き様と率直さが、逆に山頭火の魅力ともなっている。

酔へば人がなつかしうなって出てゆく
ひとりにはなりきれない空を見あげる

今日の道はよかつた、山も海も（久しぶりに海を見た）、何だか気が滅入って仕方がない、焼酎一杯ひっかけて胡魔化そうとするのがなかなか胡魔化しきれない、さみしくてかなしくて仕方がなかった。

（「行乞記」昭和七年）

そして後日、「孤独よろこぶべし——が、孤独あわれむべし——になってしまつた」と書き、その心情を率直に語っている。

やっぱり一人はさみしい枯草
やっぱり一人がよろしい雑草

この二つの句は決して矛盾するものではない。そのいずれもが山頭火にとっては真実なのである。むしろ、そのような人間臭さ、奥の深さが、山頭火の魅力なのである。

その日記によれば、或る日は静かでうれしく、或る日はさみしくてかなしい、生きていてよかつたと思うこともあれば、死んだつてかまわないと考えることもある、そして、君よ、孤独の人生散歩者を笑うなかれ、と綴る。

（「其中日記」昭和八年）

まつすぐな道でさみしい
さみしい風が歩かせる
ひとりになればひとりごと

梅雨空のしたしい足音がやってくるよ

わたしたちの人生には、感動に涙した日々もあれば絶望に打ちひしがれたこともある。出会いの喜びもあれば、離別の悲しみもある。

そして、特別の日でもない平凡な日々の中には、独り居を楽しむ余裕もあれば、耐えられない孤独の日々もある。

もう五十歳を過ぎようという山頭火が、そんな日々の心情を率直に吐露し、書き、詠んでいるのだ。

先に山頭火は「其中日記は山頭火が山頭火に呼び掛ける言葉である」と書いていたが、そのことを実感させる記録に、しばしば出会う。

## 銭がない物がない歯がない一人

山頭火は句作と放浪の傍らで、熱心な読書家でもあった。山頭火は、「好きなものは、と訊かれたら、些かの躊躇なしに、旅と酒と本、と私は答える」と書いている。またその日記には、「読書、読むうちに日が暮れて夜が更けた」「昨日も今日も終日読書」「昼も夜も読書三昧、しずかな幸福であった」など、読書に関する記述が夥しく見られる。

その読書の対象は極めて広範だが、その中で山頭火が、独り居の思索と暮らしの日々を綴った作品を残したギッシングやソローに関心を寄せているのは、なかなか興味深い。

たとえば、昭和九年十一月八日の鈴木周二への書簡では、ギッシングやソローの作品を入手したい旨を書き送っている。そして、まずギッシングを入手し、それを読み耽っている。ここでいうギッシングの書とは『ヘンリ・ライクロフトの私記』のことであり、現在でも広く読まれているものであるが、ジョージ・ギッシングが、ヘンリ・ライクロフトという架空の人物に託して、南イングランドの片田舎での思索の日々を綴ったものである。

そのころの山頭火の日記を見てみよう。


夜はヘンリ・ライクロフトの手記を読む。

(昭和九年十二月六日)


ヘンリ・ライクロフトの手記を読みつづける、彼は私ではあるまいかとさえ思はれるページがある……私も私流の随筆なら書けそうだ、三八九を復活刊行して、私の真実

を表現することを決心する。（同年十二月七日）

人は独り生くべし……とギッシングはライクロフトにいわせている、彼は孤独の個人主義者として徹している。（同年十二月八日）

三日続けてギッシングを読み耽ったことが窺がえる。

山頭火はライクロフトの生き方にいたく共感し、そこに自分を重ねながら読んでいる。「彼は私ではあるまいか」というまでに自身を重ねながら読み耽ったのである。そして、それから三年近くたったころの日記にも、再びギッシングを読んだことが記されているのだ。彼がギッシングやソローの世界に深く入り込んでいった様子を窺わせるものである。

では、山頭火をそれほどまでに魅きつけたギッシングやソローの世界とは何か。少々長くなるが、ここでは『ヘンリ・ライクロフトの私記』の一部を読んでみたい。

わたしの性質の内には、合理的に自らを導くという能力がなかったようである。子供のときも大人のときも、人生の途上に横たわるあらゆる溝や泥沼に私は陥ち込んだ。

愚かな人間でわたしほどの経験の報いを受けたものはほかになかろう。その証拠になる傷痕を私ほど多くもっているものもなかろう。

痛手につぐ痛手！　一つの痛撃からやっとの思いで立ち直るやいなや、次の衝撃に身をさらすようなことをしでかすのであった。「世間を知らない」と、私は温厚な人からいわれた。「馬鹿だ」と、多くのもっと口汚い人からはののしられたと思う。長い、曲折に富んだ人生をふり返るとき、いつも私は私自身を馬鹿だと思うのだ。明らかに何かが始めから私には欠けていた。なんらかの程度にたいていの人々にそなわっているある平衡感覚が私には欠けていたのだ。私には知的な頭脳はあったが、それは人生の日常の問題の処理には何の役にもたたなかった。

（『ヘンリ・ライクロフトの私記』平井正穂訳）

大学での挫折、退学、相次ぐ肉親の自殺や死にみまわれるという喪失感、家業の破産、苦悩と矛盾を背負った行乞の日々など……、山頭火の生い立ちや、その後の生きざまを見るにつけ、ライクロフトのことを、「彼は私ではあるまいか」と書いた心情が伝わってくるようだ。

様々な矛盾と苦悩を抱えながら生き続けてきた山頭火にとって、ギッシングの作品は深い共感と自信を与えてくれるものであったのであろう。山頭火は、自分も自分の随筆を書きたい、そこで自分の真実を表現したい、と決心している。そして自らの孤独についてあらためて見つめ直すのであった。

一きれの雲もない空のさびしさまさる
銭がない物がない歯がない一人
柿がおちるまた落ちるしづかにも

さびしいところにいては、さびしさをそれほど強く感じないですむが、にぎやかなところではかえつてさびしさを感じる。
小郡から湯田へ移ってそう思う。
（「其中日記」昭和十三年）

私は私の孤独を反省する、それは孤高でなくて孤寒である、
私は孤立を誇るほど思いあがってはいないが迎合に甘んずるほど堕落してもいない。

（「其中日記」昭和十二年）

## さみしいからこそ生きている

自分ひとりだけではない、誰もさびしいのだ、みんな寂しき人々なのだとも時々は思わせられるが――、と山頭火は書いている。（「其中日記」昭和十四年）

しかし、その寂しさは必ずしもネガティブなものであったとは言い切れない。

風もわるくない。もう凩らしい風が吹いている。寝覚の一人をめぐって、風はどこから来てどこへ行くのか。さみしいといえば人間そのものが寂しいのだ。さみしがらせよとうたった詩人もあるではないか。私はさみしさがなくなることを求めない。むしろ、さみしいからこそ生きている、生きていられるのである。

（「三八九」復活第四集）

つまり、山頭火は孤独をさびしがり、嘆くばかりではなかった。孤独を見つめ、孤独を味わう日々もまた、掛け替えのないものであった。

待つて待つて葉がちる葉がちる
葉がちるばかりの、誰もこない
雪、雪、雪の一人
ゆきふるだまつてゐる

孤独と向き合い、孤独を味わう山頭火ではあったが、彼には句作を通じた幅広い交友もあった。

山頭火はその放浪行乞の途上では多くの人に出会い、また行きずりの宿では世間師たちと交わった。しかし、一時定住の拠点とした其中庵での独住では、しばしば耐えがたいさみしさに襲われた。

この其中庵を拠点にしつつ、しばしば旅に出て、旅先では句誌「層雲」の同人たちが山頭火を温かく迎えることが多かった。とくに大山澄太や木村緑平らは山頭火の長年の支援者であり、友人であり、山頭火の信望厚い存在であった。また其中庵の近くに住む若い俳友国森樹明はしばしば山頭火を訪ね、酒杯を重ね、談論し、生活の支援もしたが、ほんの数日独居が続くともう寂しい風が吹き抜けていくのだ。

## さびしさからさみしさへ、そしてさびへ

「さみしさ」「ひとり」を歌った句は限りない。しかし、山頭火はそのような寂しさにひたすら堪えていた、というわけでもない。或る意味では、そのような寂しさを受け止め、それがまた創造のエネルギーとして還流していったともいえる。

　歩かない日はさみしい、飲まない日はさみしい、作らない日はさみしい、ひとりでいることはさみしいけれど、ひとりで歩き、ひとりで飲み、ひとりで作っていることはさみしくない。

（「行乞記」昭和五年）

寂しさを託《かこ》ちながらもそれを創作に昇華させていく、山頭火の独自の勁《つよ》さがそこにあるといえよう。独居の山頭火であったが、そこにはいつも酒と句という同伴者があったので

ある。

そして、独自の芸術論にもふれる。

芸術的真実は生活的事実から生れる。
事実にごまかされては真実はつかめない。
現実にもぐりこんで、もぐりぬけたとき、現実をうたうことが出来る。
（「其中日記」昭和十二年）

現実にもぐりこんで、もぐりぬけたとき、現実をうたう、ということはまた、現実に没入しながらも、現実を超越することでもある。山頭火は次のように語る。

俳句は個性芸術、心境の文学である、そして人間そのものをうたうよりも自然をうたう――自然を通して、自然の風物に即して人間を表現することに特徴づけられる、生活をうたうにしても、人間を自然として鑑賞する境地に立ってうたわなければならない。
俳人は現実に没入しながらも、しかも現実を超越していなければならない。

（「其中日記」昭和十二年）

其中庵に定住を始めたころの日記には、さびしいからさみしさへ、それからさびへ、という言葉がみられる。

このキーワードは山頭火の拘りでもあったようで、その後の日記にも、この言葉を見ることが出来る。

其中漫筆

芸術は熟してくると、
さびが出てくる、冴えが出てくる、
凄さも出てくる、
そこまでゆかなければウソだ、
日本の芸術では、殊に私たちの文芸では。

（「其中日記」昭和十年）

山頭火はその芸術に関して、さびという言葉のほかにも、含み、旨さ、花は花のようになどの言葉を援用しながら持論を展開している。
その芸術論をも少し見てみる。

将棋の名手は含みということをいう、一手は百手二百手を含んでいるのである、
また、千石二千石の水からしたたる一滴は力強いものを持つている、
そのように一句は全生活全人格からにじみでたものでなければならない。
私の一句一句は私の一歩一歩である、一句は一歩踏みゆく表現である。

（「其中日記」昭和十年）

利休が茶の湯の心得を説いた言葉の中に、
花はその花のように
という一項があつた、うれしい言葉である。
物のいのちを生かし、物の徳を尊ぶ心、
それが芸術であり道徳であり、宗教でもある。

（「其中日記」昭和十三年）

このころ、身心不調と不眠に悩まされつつも、思索を深め、利休の言葉に限りない共感を語っている。

そして、その後の日記にも、物そのものを尊ぶ、という同様な言葉を見ることができる。「よくてもわるくてもほんとう。先ず何よりもうそのない生活、それから、それから」と書いた後、次のように続ける。

物そのものを尊ぶ、物そのもののために惜しみ、そして愛する。
甘さと旨さとは違う。
甘さを表現しただけでは（旨さが籠っていないならば）それはよき芸術ではない。
よき芸術には人生のほんとうのうまさがなければならない。

（「其中日記」昭和十三年）

昭和十三年三月、五十七歳の時の言葉。山頭火逝去の一年半余り前のものである。「旨さ」という言葉には、その芸術論の成熟と、山頭火自身の人生の成熟を感じさせるものがあるようだ。

しかし、人生の成熟といったら、異論もあるかもしれない。山頭火の日常は相変わらず酒浸りの日々であり、その前年には湯田温泉で無銭飲食により山口警察署に留置されており、この年の五月には吐血している。

そうした中で、模索し、思索し、自戒する日が続くのである。

## 人間、この弱き者よ

山頭火の寂しさの背景には、人間の弱さ、その人生の抱える矛盾がある。人生の矛盾や惑いについては先にも触れたが、ここでは弱き者人間についての山頭火の言葉をもう少し拾っておきたい。

生きていることのうれしさとくるしさとを毎日感じる、同時に人間というもののよさとわるさとを感ぜずにはいられない、――それがルンペン生活の特権とでもいおうか、それはそれとして明日は句会だ、どうかお天気であってほしい、好悪愛憎、我他彼此《がたひし》のない気分になりたい。

（「其中日記」昭和五年）

我他彼此とは、辞書によると、我と他と、彼と此と、対立的に見ること、根源的な万物の同一性を見失っていることとある。

人間は——少くとも私は——同じ過失、同じ後悔を繰り返し、繰り返して墓へ急いでいるのだ、いつぞや、口の悪い親友が、私のぐうたらを観て、よく倦きませんね、おなじ事ばかりやつていて、——といったが、それほど皮肉を感じたことはなかつた、現に、小郡に来てからでも、私は相も変らず酒の悪癖から脱しえないではないか。

（「其中日記」昭和七年）

このころの句。

さみしさがけふも墓場をあるかせる
酔へばやたらに人のこひしい星がまたゝいてゐる

また、其中漫筆として、こんな言葉も記している。

人間は人間です、神様でもなければ悪魔でもありません、天にも昇れないし、地にも潜れません、天と地との間で、泣いたり笑ったりする動物です。

（「其中日記」昭和十年）

そして、山頭火もまた人の親、捨てきれない絆、人間山頭火。

昨夜から今朝は涼しい、子の夢を見た、それは埓もない夢だったが、そこにはやっぱり親としての私の心があらわれていた、捨てても捨てても捨てきれないもの、忘れようとしても忘れることの出来ないもの、――そこに人間的なものがある、といえないこともあるまい、人間山頭火！

（「行乞記」昭和八年）

人間的、人間山頭火というとき、もう一つ避けられないのが、その酒との付き合いであった。

ともかく山頭火にとって、先にも書いたように酒と句は欠かせない同伴者であったのだ。

酒をのぞいて私の肉体が存在しないように、矛盾を外にしては表現されない私の心であつた、ああ。乱酔、自己忘失、路傍に倒れている私を深夜の夕立がたたきつぶした、私は一切を無くした、色即是空だった。

（「其中日記」昭和十一年）

ゆうぜんとして飲み、とうぜんとして酔う、そういう境涯を希う。

飲みでもしなければ一人ではいられないし、飲めば出かけるし、出かけるとロクなことはない。

ひとりしずかにおちついていることは出来ないのか、あわれな私ではある。

（「其中日記」十一年）

「其中日記」にしばしば登場する国森樹明は、近くの県立農学校の事務官であり、其中庵結庵の時の恩人でもあったが、良くも悪くも欠かせない酒友でもあった。一人で飲む酒、樹明との酒、ともかく寂しい山頭火にとって、酒は必須の存在であった。

酒が手放せない私、苦悩する私、あわれな私、しかし、そのあわれな私をそのまま生きる、そして詠むのであった業報は受けなければならない、それは免かれることの出来ないものである、しかし業報をいかに受けるかはその人の意志にある、そして生死や禍福や、すべてを味到することが出来る力は信念にのみある。

（「其中日記」昭和七年）

業報とは、善悪の業因によって受ける苦楽の報いであり、味到とは、内容などを十分に味わいつくすことである。

そのころの日記には、芭蕉の「孤高独歩、静寂三昧」への共感というべきものも記されている。

夜はしずかだった、雨の音、落葉の音、そして虫の声、鳥の声、きちんと机にむいて、芭蕉句集を読みかえした、すぐれた句が秋の部に多いのは当然であるが、さすがに芭蕉の心境はれいろうとうてつ、一塵を立せず、孤高独歩の寂静三昧である、深さ、静けさ、こまやかさ、わびしさ、――東洋的、日本的、仏教的（禅）なものが、しんしんとして掬めども尽きない。

（「其中日記」昭和七年）

芭蕉へのオマージュともいえる言葉であるが、山頭火の孤独はこうした芭蕉や西行や良寛、そして、山頭火が敬愛した井上井月や尾崎放哉らのそれとは全く異質の独自のものであった。

山頭火は孤独の俳人とも呼ばれるが、山頭火の孤独は山林独住の孤独とは少し違う。先にも書いたように、彼は行乞を続け、あるいは庵住生活を続ける中で、世間から全く孤立していたわけではない。或る時は俳友たちと交わり、ある時は世間師たちと交わり、はたまた巷に繰り出し酒に溺れ、そして自戒し、独居に戻るという日々を繰り返すのであった。

そこで、人間の弱さ、悲しさ、温かさを発見した。それはまた、自分自身の弱さ、悲しさでもあっただろう。独居しているから寂しいだけではない。市井や巷にあってもまた、その寂しさは募るのだ。まさに、〝寂しさこそが人生〟なのだ。

そのような山頭火独自の世界、その奥の深さが、人々に何かを訴えるのだ。

先の冒頭の言葉をもう一度見てみる。

さみしいなあ——ひとりは好きだけれど、ひとりになるとやっぱりさみしい、わがままな人間、わがままな私であるわい。

そんな寂しさは、山頭火の世界だけの問題ではない。

この厳しい現実の中で、忙しく立ち働き、また生活に追われて生きる現代人たちにも、ふと感じる寂しい孤独の時間があるはずだ。もちろん、山頭火の独自の寂しさとは全く同質のものではないだろうが、現代という時代が生み出す孤独感、無力感、焦燥感、閉塞感、挫折感は深まるばかりだ。

こうした時代の生き辛さ、特に組織や人間関係の中で感じる生きにくさは、計り知れない。

そんな時、山頭火の語った言葉や句が、深くしみじみと沁みわたってくるのだ

# 第七章　年はとっても、年寄りにはなりたくない

## ～しのびよる老いと、どう向き合うか

## なすべきことをなしおえた落ち着き

山頭火はある日の日記に、「私は何となく老人、ことにおじいさんに心をひかれる、私自身がもうおじいさん気分になったからでもあろうか」と記している。高齢者とか老人ではなく、おじいさんという言葉の柔らかさにどことなく惹かれる。

人は誰しもある年代に達したとき、向き合わざるを得ないのが「老い」というテーマである。とくに、平均寿命が延び、老いに向き合う時間が長くなった現在、このテーマは極めて重要な、あるいは深刻なものとなる。

精力的に旅をつづけた山頭火にも、この「老い」という必然が否応なしに迫ってきた。山頭火は老いとどう向き合い、それをどう受け止めたのか、その率直な言葉や句を探していきたい。

> だんだん心境が澄みわたることを感じる、あんまり澄んでもいけないが、近来あんまり濁っていた。清澄、寂静、枯淡、そういふ世界が、東洋人乃至日本人の、終の棲家

ではあるまいか（私のような人間には殊に）。

柿、栗、蕗、筍、雑木、雑草、杜鵑《ほととぎす》、河鹿、蜩《ひぐらし》、等々。

いずれも閑寂の味わいである。

（「其中日記」昭和七年）

昭和七年、山口の川棚温泉での記録である。山頭火五十一歳の時だ。

五十一歳というと、現代ではまだ働き盛りだが、この時代（昭和七年）ではもう高齢といっていい。山頭火は忍び寄る老いを、「澄みわたる」という綺麗な言葉で語り、その心境を清澄、寂静、枯淡などという言葉で表現している。

柿の若葉はうつくしい。青葉もうつくしい。秋ふかうなって、色づいて、そしてひらりひらりと落ちる葉もまたうつくしい。すべての葉をおとしつくして、冬空たかく立っている梢には、なすべきことをなしおえたおちつきがあるではないか。（傍点筆者）

（「三八九」第五集）

この言葉も、老いの心境、落ちつき、閑寂の味わいを物語るものである。

「なすべきことをなしおえたおちつき」――いい言葉だなあ。

励まされる言葉だ。

こんな心境になりたいものだ、と思う。

拙宅の近くに多磨霊園がある。広大なその霊園は豊かな緑に恵まれ、古い武蔵野の面影を色濃く漂わせている。四季折々の自然の織り成すドラマはそれぞれに興趣が尽きないが、冬枯れの古樹の佇まいもまた格別である。

公園や街路、あるいは古い寺社の参道などの巨樹にも、そんな感動を誘われる。

そんな古樹たちと対話しながら歩く時間は、まさに至福の時を紡ぎだす。

ここで出会う古樹には、山頭火のいう「なすべきことをなし終えた落ち着き」――そんな言葉がぴったりだ。そんな心境と響きあうとも思われる一句を刻んだ墓碑に、この多磨霊園で出会った。

老いていま過不足もなく古茶淹るる

老いの日々をいとおしみながら、穏やかに過ごす時間の流れを感じさせる。なんとも羨ましいとしか言いようがない。人生、振り返ればいろいろのことがあったけれど、まずまずの人生であったのではないか、落ちついた老いの日々を偲ばせる句である。まさに、なすべきことをなし終えた落ち着き、と言えないだろうか。

老いを語る山頭火の言葉を続けてみてみよう。

年をとると、いやなもの、きたないものがないようになる、肯定勝になるからか、妥協的になるからか、それとも諦めて意気地なくなるからか、とにかく与えられたものを快く受け入れて、それをしんみりと味わう心持は悪くないと思う。

（「其中日記」昭和八年）

雨だれの音も年とつた
日あたりがようて年をとつてゐる
ほろりと最後の歯もぬけてうらゝか

年はとってもよい、年よりにはなりたくない（こんな意味の言葉をゲーテが吐いたそうだ）、私は年こそとったが、まだまだ年寄にはなっていないつもりだ！

（「其中日記」昭和八年）

年はとっても年寄りにはなりたくない——なかなか味のある言葉だ。加齢は必然としても、それとうまく付き合い、よき老いの日々を生きる、いい歳の重ね方を思わせる。

過日、ネットでも同様のブログに出逢った。

十二月に入ると歳と共に月日が加速して過ぎるのを感じる
あれこれ考えるとテンション下がるから
今日を大切に生きる
年を取るのは仕方がないことだけど
年寄りにはなりたくないなぁ…

(andante-h-y)

少なからぬ人が共感する言葉だろう。

同じような心境は、山頭火の後の日記にもみられる。そこでは、もっと前向きに老いと向き合う気分が語られる。

老境の感傷。しみじみしたものを感じる。……

私にはもう、外へひろがる若さはないが、内にこもる老いはある、それは何ともいえないものだ、独り味わう心だ。

（「其中日記」昭和九年）

先に、山頭火は、「人生は味わうこと」と語っているが、老いについて語るときも、味わうという表現がしばしばみられる。時には、「有閑老人」などという言葉もみられ、穏やかな、しみじみとした老境が語られる。

師走のいそがしい物音ものどかにきこえる。

家いっぱいの朝日影、ありがたし。

終日、閑を楽しむ、有閑老人！

（「其中日記」昭和九年）

## 年はとっても年寄りにはなりたくない

しかし、有閑老人などと呑気に語る一方で、老いの厳しさが否応なく迫ってくる現実も直視せざるを得ない。昭和十一年、五十五歳の日記には、「近頃めっきり老衰を覚える」と書き、「なるようになっていく、それが私の生き方」と書く。

そして、弱い身心となったものだ、と呟く。

曇、風（風はさみしくてやりきれない）。
弱い身心となったものかな、ああ。

（「其中日記」昭和九年）

病みて一人の朝となり夕となる青葉
草や木や死にそこなうたわたしなれども
やつと糸が通つた針の感触
洗つても年とつた手のよごれ

こうした肉体的な劣化に直面するとき、抗うことの出来ない老いの現実を突きつけられるのだ。「死にそこなうた」「やっと糸が通った」「洗っても年とった手」などの表現がリアルだ。

そして、老いぼれセンチなどという自虐的な言葉さえ口からこぼれてしまうのだ。

　平静、しずかに読み、しずかに考える、時々オイボレセンチを持て余す、どう扱ったらよかろうか。

　松茸で一杯二杯三杯やりたいなあ、あの香、あの舌触、ああやりきれない！

　こんな句を見つけた――

　老いぬれば日の永いにも涙かな　一茶

　さっそく、附きすぎる句を附ける――

　夜も長くてまた涙する　山頭火

　同老相憐むとでもいおう。（「其中日記」昭和十一年）

なるほど、同老相憐れむか。一茶先生が急速に近づいてくる。あなたもそうでしたか。

ひとりになって、昼間もそうだが、長い夜がひとしおさみしくなるのだ。
そして、独り言もまた、独居老人の特技となる。

老人はよく独り言をいう、愚痴な人はよく独り言をいう、独り者が独り言をいうのはあたりまえだ、愚痴で老いぼれの独り者が独り言をいうのは、あたりまえすぎるあたりまえだろう。

（「其中日記」昭和十二年）

日も夜も長くなり、独り言が増え、老年期特有の心身の不具合、動揺が広がる。
老いの時期は、おだやかな人生のしめくくりへ向かうときであるが、しかしまた不安と焦燥に苛まれる時期でもあるのだ。先の老いぼれセンチも、その一つの現実であろう。

私が昨年来特に動揺していたのは、老年期に入る動揺のためであつたと思う、不安、焦燥、無恥、自暴自棄、虚無、――すべてがその動揺から迸ったのだろう、そしてそれに酒が拍車をかけた、私の激しい性情が色彩を濃くした、……しかしそれも過ぎてしまつた、私は今、嵐の跡に立っている。

蝶々よずいぶん弱っていますね
いつまで生きる蜻蛉かよ
鳴くかよこほろぎ私も眠れない
年とれば故郷こひしつくつくぼうし
（「其中日記」昭和十一年）

「嵐の跡」という言葉が印象的だ。

今は、健気に生きる生き物たち——蝶々、蜻蛉、こおろぎ、つくつくぼうし、それぞれに温かい眼差しと思いを寄せ、自身を重ねている。彼らは、掛け替えのない、この世を生きていく伴走者なのだ。

そして、老いを迎えたこの時期の自身の生活信条について、こう書く。

知足安分、——これが私の生活信条である。
年はとっても年寄にはなりたくない、——誰でもがこう望むだろう。

年寄になってはもう駄目だ。
情熱のないところに創作はない。

（「其中日記」昭和十二年）

「年はとっても年寄りにはなりたくない」――先に挙げたフレーズが再出している。山頭火のこだわりを感じさせる。

そして、老境に達しても、創作への意欲は尽きない。しかし、それは迸る熱気ではなく、しずかに燃える情熱なのだ。

## ほつくりぬけた歯で年とつた

老いは、身心に様々な過酷な現実を突きつける。歯が一つ一つ欠けていくのもその一例だ。山頭火は、いつのまにやら、歯がぬけている、歯がぬけるということは寂しい、自分でぬかないのにぬけていったということはより寂しい、と語り、更に後日、またぬけた歯に、その心情を吐露する。

朝御飯を食べているとき、ほろりと歯がぬけた、ぬけそうでぬけなかつた歯である、ブラブラ動いてわたしの神経をいらいらさせていた歯である、もう最後のそれにちかい歯である、その歯がぬけたのだからさっぱりした、さっぱりしたと同時に、何となくさびしく感じる、一種の空虚を感じるのである。

（「其中日記」昭和十年）

ほつくりぬけた歯で年とつた
ぬけた歯を見つめている
ぬけるだけぬけてしまうて歯のない初夏
ながい毛がしらが

老いるとはどういうことか……じっくり考えてみなければならない。

老いとは、山頭火の言うように、肉体的な衰えだけではない、気力、意欲、精神力の老化こそ、深刻なのだ。そんな気力の衰えとはつまり生活意力の衰えなのだ。

人間は生活意力が盛んであれば十年に一歳しか年取らないが、生活意力が衰えると、一年に十歳ほど年取ることもある、……私は此一年間にたしかに十歳老いた！

（「其中日記」昭和九年）

この言葉の前には、「風が出てきた、風には何ともいえないものがある、さびしいとばかりはいいきれないものが。午前は駅のポストへ、午後は街のポストへまで出かけた、そして歩々に肉体の秋を痛感した」という言葉が記されている。

そして、老いについて語った先の言葉のあとには、死を視界に捉えた、こんな言葉も記している。

常に死を前に――否、いつも死が前にいる！　この一ヶ年の間に私はたしか十年ほど老いた、それは必ずしも白髪が多くなり歯が抜けた事実ばかりではない。

（「其中日記」昭和十年）

これはなかなか示唆的な言葉である。

老いゆく日々には、ふと「死」という言葉が浮かんでくるのだ。

## ひとりで墓地を歩くのが好きだ

老いゆく日々を受け止め、そして死を思う。
それを、山頭火の場合、墓地への拘りにも見ることができる。時折、自然に墓地へと、足が向かうのである。
山頭火の旅の記録のなかで、目立つものの一つが、墓地逍遥である。とくにそれは、昭和七年ごろ、山頭火五十歳に達したころからの日記に目立っている。当時の五十歳はもう老いを感じるころといっていい。迫りくる老いと死の影が、山頭火の墓地への親近感を触発したのか。

私は一人で墓地を歩くのが好きだ、今日もその通りだった、いい墓があるね、ほどよく苔むしてほどよく傾いて。——

（「行乞記」昭和七年）

墓まで蔓草の伸んできた

夕は墓場を散歩する、墓といふものは親しみがある、一つ二つの墓はさみしいが、上にも下にも並んで立っている墓石は賑やかだ、新らしいの、古いの、大きいの、小さいの、うつくしいの、かたむいたの。

（「其中日記」昭和八年）

あてもなく山から野を歩きまわった、墓地逍遙もよかつた。

（前掲書）

墓場したしうて鴉なく
松風吹いて墓ばかり
何とたくさん墓がある墓がある

たしかに墓地逍遥はさまざまな思いを喚起する。一見、没個性的な墓石の並列に見えつつ、実はそれぞれにはそれぞれの掛け替えのない人生があったのだ。墓碑は黙して何も語らずとも、故人の掛け替えのない人生と生きた時代への想像力を掻き立てるのだ。

私は近くの広大な公園墓地である多磨霊園をよく歩く。そこは時代を代表する著名人たちの眠る場所としても知られているが、多くは無名の人々の終の棲家である。時として、その無名の人々の墓碑に刻された素晴らしい言葉に出会うのも楽しみだ。もちろん、その多くはただひっそりと佇むのみであるが、その一人一人の人生を思い、語りかけながら歩く。そんな故もあってか、山頭火の墓地逍遥の言葉や句が深い共感を呼ぶのだ。

そして、老いも死も、誰しも避けることの出来ない自然の摂理なのだということを実感する。

今や高齢に達した山頭火自身にとって、死は決して遠い世界ではないのだ。

自ずと足が墓地に向かう、それは山頭火自身の老いと死への自覚のなせるものなのだろう。

## ほろほろほろびゆくわたくしの秋

最後に、老いをしなやかに受け止めるとはどういうことか、あの貝原益軒はこんな示唆的な言葉を遺している。

人の老いにいたり死の近き事、夕日のかたぶくごとくなるは、是かく有るべき常の理《ことわり》なれば、なげくべからず

（『楽訓』巻之下）

加齢に伴って、さまざまな体の変化が出てくる。白髪はその一つだ。髪に白いものが混じり始め、やがてそれが急速に増えてくる。それを見ると、人は自分の人生の行く末の短さを思い、ひとしお寂しさを感じてしまう。このことは仕方のないことかもしれない。

しかし益軒は中国北宋の詩人東坡の「人は白髪を見てうれい、我は白髪を見てよろこぶ」という詩を引きながら、むしろそれは喜ぶべきことではないかという。

少なからぬ人が白髪を見る前に死を迎えてしまう、そうした現実を見ていると、髪が白くなるまで生きられたことを先ず感謝すべきではないか。年老いて夕日が傾くように死ぬべき時期が近づいていることを感じても、天命に安んじて、悲しむべきではない。加齢とともに老化が進むのは、あたかも四季がめぐってくるというような自然の摂理であり、それを夕日が傾くように自分の人生もひたすら下降に向かっているのだというような、マイナスイメージで捉えてはいけないというのだ。

加齢も老いも死も、すべてこの自然の営みの中の必然であるから、そのことをいたずら

に寂しがったり、悲しんだりすることは残念なことなのだ。白髪を下降、衰退と捉えずに、新たなステージへの序曲と捉える、そしてそのステージを楽しむことを心掛けるほうが人生はずっと楽になり、楽しくなるのではないだろうか。

アンチエイジングなどというメディアの宣伝と喧騒に惑わされることなく、しなやかに加齢と向き合う賢さを堅持したい。

「雑草」のところでも少しふれたが、山頭火は亡びゆくものに対して、深い思いを寄せていた。秋を迎え、樹々から一枚、また一枚と落ちる落葉を見ても、深い感懐に襲われるのである。そこに、自らの老いも重ねたのか。

ほろびゆくもののうつくしさをおもう（中略）
凋落の秋の色
散る葉のうつくしさ
木の葉は散るときが最もうつくしい
（「其中日記」昭和十二年）

そして最晩年の一句。

## ほろほろほろびゆくわたくしの秋

秋から冬へ——晩秋は私の最も好きな季節だと山頭火は語っている。

人生の秋への、山頭火の深い思いを読むことができる。

山頭火は、人生の秋を決してマイナスイメージでとらえない。「下り坂」などとも考えない。

「老いては老いを楽しむ」「おちついてしめやかな老境」と語る言葉も味わい深い。

散る葉に美しさを思いつつ、自身の人生の秋も、しなやかに受け止め、在るがままに自然体で生きていくのだ。

江戸時代の後期、博多の聖福寺に、独自の禅画でも知られる仙厓という禅僧がいた。その仙厓は、老いゆく人々の姿を軽妙に描いた詩句を遺している。

一部現代表記を加筆しながら引いておく。（ ）内は筆者加筆。

志わ（皺）がよるほ黒（ほくろ）が出ける腰曲る
頭がはげる髭白くなる

手は振ぅ足はよろつく歯は抜ける
耳は聞こえず目はうとくなる
身に添ぅは頭巾襟巻杖目鏡
たんぽ（湯たんぽ）おん志やく（温石）志ゆひん（尿瓶）孫の手
聞きたがる死にとむながる（死を恐れる）淋しがる
心は曲る欲深ふなる
くどくなる氣短かになる愚ちになる
出しゃばりたがる世話やきたがる
又しても同じ咄しに子を誉める
達者自慢に人は嫌がる

（『老人六歌仙』）

老いの現実を見つめつつ、老人への温かい眼差しも感じることが出来る。なんだか、仙厓さんに親しみすら感じてしまう。事実、仙厓の書画は硬骨と気品とユーモアにあふれ、多くの人々から愛され、敬慕された。序でながら、東京丸の内の出光美術館では、仙厓の書画の数々に出会うことが出来る。

再び、先のフレーズ「年はとっても、年寄りにはなりたくない」に戻ってみる。

「年はとっても」は、いわば肉体的な老化について語っており、「年寄り」は精神的な老化、つまり気力や意力の衰え、あるいはいわゆる老害とでもいうべきネガティヴなイメージについて語っているように思う。

とすれば、この仙厓和尚の詩句は、前半が「年はとっても」という言葉に重なり、後半は「年寄り」について語っているように思われる。

ただ、年寄りには「お年寄りの知恵」など、肯定的に使われることもあることもお断りしておきたい。

まあ、あまりそんなに分析することもないかもしれない。すんなり読めばそれでいい。

ところで、同じく禅僧でもあった山頭火は、この仙厓の詩句をどのように読むのであろうか。

定めし、ウンウンと頷きながら仙厓に思いを寄せるのではなかろうか。

# 第八章　生きたくもないが、死にたくもない

～生も死も、しなやかに受け止める

# 生死《しょうじ》のなかの雪ふりしきる

仏教でいう四苦八苦の中の四苦である生老病死は、現代においても重要な課題である。とくに「死」をめぐる問題は、今や大きな難問として私たちの前に立ち現れてきている。医療技術や生命科学が明るい未来を切り拓くとともに、一方で延命治療や、尊厳死、安楽死など新たな課題を提出しつつある。

あらためて死とは何か、いかに死ぬかの問題を、山頭火とともに考えてみたい。

病めば必ず死を考える、こういう風にしてこういう所で死んでは困ると思う、自他共に迷惑するばかりだから。

死！　冷たいものがスーッと身体を貫いた、寂しいような、恐ろしいような、何ともいえない冷たいものだ。

（「行乞記」昭和七年）

九州の佐世保周辺を行乞の途上、病に臥せてしまった。この日の日記の冒頭には、終日臥床とある。とうとう寝ついてしまったのだ。実はその前々日の夜飲んだ焼酎が悪かったらしい、また前日食べた豆腐が中《あた》ったらしい、という。夜中は腹痛で苦しみつづけたのだった。

そして、「あまり健康だったから、健康ということを忘れてしまつていた、疾病は反省と精進とを齎《もたら》す。旅で一人で病むのは罰と思う外ない」と記している。そして、病めば必ず死を考えるというのだ。

昭和七年、山頭火五十一歳のころである。このころの日記には、死についての記述がしばしばみられる。

死！　死を考えると、どきりとせずにはいられない、生をあきらめ死をあきらめていないからだ、ほんとうの安心が出来ていないからだ、何のための出離ぞ、何のための行脚ぞ、ああ！
（『行乞記』昭和七年）

やっぱり生きていることはうるさいなあ、と同時に、死ぬことはおそろしいなあ、ああ、ああ。
（『行乞記』昭和七年）

その前には、「また文なしになった、宿料はマイナスですむが、酒代が困る、ようやくショウチユウ一杯ひっかけてごまかす」とある。

些か気弱な山頭火である。さすがに、死の影が忍び寄るときの動揺は隠せない。生きていることもしんどいが、死を考えることも恐ろしいという。

どちらも容易ではない、厄介な問題なのだ。

遺された句の中には生死の問題を詠んだものも少なくない。

生死《しょうじ》の中の雪ふりしきる
死ねる薬をまへにしてつく〳〵ぼうし
つくつくぼうしょ死ぬるばかりの私となって

死の影が常に付きまとう。振り払うことはできない、その影。あらためて人生の矛盾にうたれる。そして、「ある時は死にたい人生、ある時は死ねない人生」（「其中日記」昭和九年）と書く。

人はさまざまに死と向き合うほかはないのだ。

そして山頭火は、死が確実に近づいてくるのを予感する。死期遠からずという気分になる。もともと心臓に持病があったことは自覚していたが、それとは別に、何者かが自分に近づいてくる気配を感じる、というのだ。

蝉しぐれ死に場所を探してゐるのか
しずけさは死ぬるばかりの水が流れて
波音遠くなり近くなり余命いくばくぞ
このまま死んでしまふかも知れない土に寝る

そして、死生から脱することは出来ないが、死生に囚われないことは出来る、宗教的修行の意義はここにある、という死生観に達する。

（「其中日記」昭和八年）

晩年には、こうも記している。

自分の意志で、生れ出ることは出来ないけれど、死んでしまうことは自分の自由だ、ここに人間の悲喜劇が展開される。

（「道中記」昭和十三年）

春風のどこでも死ねるからだであるく
降つたり照つたり死場所をさがす

もともと一期一会の人生である。山頭火は、その時その場のその物をしみじみ味わえ、山を観るとき、空を仰ぐとき、草に触れるとき、人に接するとき、酒を飲むとき、飯を食べるとき、……すべてのものをしみじみと味わうのだ、と語っていた。

まさに一期一会の人生だからこそ、その時その物を、ただ一度だけのものとして大切にしたい、山頭火はそれを、すべてをありのままに味わう、と表現するのである。

そして、生も死も含めて、すべてを従容として受け入れること、その境地に達したいと思うのである。

## 生きたくもないが、死にたくもない

五十歳を超えた山頭火の、生と死をめぐる苦悩と思索の日々は続く。そして、独自の死生観を語る。「生きたくもないが、死にたくもない」というフレーズがしばしば登場し、また死に対する向き合い方、覚悟を語る言葉がつづられる。その軌跡を概略辿ってみる。

昭和八年十二月二十七日の日記から。

死をまへに、やぶれたる足袋をぬぐ
死にたくも生きたくもない風が触れてゆく

（「行乞記」昭和八年）

その翌年の十二月二十三日には、

いつでも死ねる——いつ死んでもよい覚悟と用意を持っていて、生きられるだけ生きる安心決定で生きていきたい。

（「其中日記」昭和九年）

と書き、そして、死に冷静に向き合おうという気持ちにも徐々に近づいていく心境が窺える。

その翌年の昭和十年八月十九日には、

今が私には死に時かも知れない、私は長生したくもないが、急いで死にたくもない、生きられるだけは生きて、死ぬるときには死ぬる、——それがよいではないか。

（「其中日記」）

更にその翌年の、昭和十一年五月十七日には

自問自答

ゆうぜんとして生きてゆけるか
しょうようとして死ねるか
どうじゃ、どうじゃ
山に聴け、水が語るだろう

生の執着があるように、死の誘惑もある。
生きたいという慾求に死にたいという希望が代ることもあろう。

（「旅日記」）

と書いている。

「生きたくもないが死にたくもない」と詠った、その思いもずっと引きずりつつ、死という必然としなやかに向き合い、それを受け入れていこうという山頭火の果てしなく続く思索のあとを見ることとができる。

そして、先にもいくつか挙げたが、死に向き合い、死を詠った句も少なくない。

死をまへに涼しい風

死をひしひしと水のうまさかな

しぐるるや死なないでゐる

「メメント・モリ」という言葉がある。ラテン語で「死を思え」という意味で、終末観が広まった中世ヨーロッパで語られた格言である。山頭火は確かに死を思い、真摯に死と向き合った。しかし、禅僧でもあった山頭火ではあるが、そこには生きたくもないが死にたくもないという率直な心情が吐露される。一応禅僧ではあったが、死生に囚われない宗教的な修行は容易ではなかった。そうした人間臭さが、人々を惹きつけるのであろうか。

あるときは死なんとおもい
あるときは生きんとねがい
還暦となりぬ
（「其中日記」昭和十四年）

顧みれば、まことに起伏に富んだ山頭火の人生であった。

ある時は澄み、ある時は濁り、ある時は日々好日を生き、ある時は句作に没頭し、ある時は惑いと絶望の深淵を覗かせる。そして、生きるとはどういうことか、死とは何かを問い続けた。

先の、「生きたくもないが死にたくもない」という言葉は、とくにその晩年に顕著にみられる言葉ではあるが、こうした山頭火の起伏の人生を振り返るとき、それは山頭火の人生を深く還流する通奏低音のようにも思える。

そして、生と死をめぐるこうした山頭火の問いは、もっと広い普遍性を持つ問いであるようにも思われる。二人の作家の作品の中の言葉を引いておきたい。

哲学や神学の百千の理屈も私にはついに何の甲斐もない。「生は淋し死は恐ろし」という実感のみは常に私の心に根を張っている。

（正宗白鳥『「腕比べ」その他』）

もし我々に死がなかったら生の倦怠をどうしようか。死こそは実に我々に恵まれた甘露である。とはいえ私もまた生の執着を持っている。

（中勘助『静かな流』）

生は淋しいけれど死ぬのは怖い、生は倦怠だけれども生への執着は捨てきれない、——先の山頭火の問いと響き合う、示唆に富む言葉だ。

私たちにとってもまた、先の問いは避けることの出来ないものである。その問いと向き合いつつ生きていくほかはないのだろう。

生と死をめぐる問題は、この現代においても真摯に向き合わねばならない問題である。長寿の時代を迎え、尊厳死、安楽死、自然死など、死をめぐる論議は尽きない。

老いと死をめぐる山頭火の思索と言葉が、私たちに重く響くのも、そうした時代精神の故かも知れない。

## これぞわたしの終活なり

一見、気ままでルーズに見える山頭火ではあったが、意外にも、自身の死と、その後に遺された者への配慮も怠っていない。今流に言うと、終活ということになろうか。

　小串へ出かけて、予約本二冊を受取る、俳句講座と大蔵経講座、これだけを毎月買うことは、私には無理でもあり、贅沢でもあろう、しかし、それは読むと同時に貯えるためである、此二冊を取り揃えて置いたならば、私がぽっかり死んでも、その代金で、死骸を片づけることが出来よう、血縁のものや地下の人々やに迷惑をかけないで、また、知人をヨリ少なく煩わして、万事がすむだろう（こんな事を考えて、しかもそれを実行するようになつただけ、私は死に近づいたのだ）。（中略）

　今日は書きたくない手紙を三通書いた、書いたというよりも書かされたというべきだろう、寺領借入のために、いいかえれば、保證人に対して私の身柄について懸念ないことを理解せしめるために、——妹に、彼に、彼女に、——私の死病と死体との処理について。

（「行乞記」昭和七年）

その日その日をあるがままに、自在に生きている山頭火だったが、その死後のことまで配慮が行き届いていたとは驚きだ。だらしなさと几帳面さ、その振幅の大きさにも驚かされる。

葬儀や墓、遺産処理など、いまこの時代の大問題である。なるべく誰にも迷惑をかけない――山頭火の律義さに驚かされる。

そういえば、こうして克明につづられた日記を見ても、それが伝わってくる。

今日も身辺整理、いつ死んでもよい用意をして置かなければならない、遺書も書きかえなければならない。

（「其中日記」昭和九年）

同様に、そのころの日記には身辺整理という言葉にもしばしば出会うのである。また、次のような心境を詠んだ句も遺している。

おちついて死ねさうな草枯るる
ほろほろほろびゆくわたくしの秋

花の季節を彩り、新緑の鮮やかさを誇った自然も、やがて落葉と凋枯の時を迎える。そうした折々の季節の移ろいを幾たび経てきたことか。そんな自然の営みの中で、山頭火自身もまた、人生の秋を迎え、老いと死を思うのである。「ほろほろほろびゆく」自身の秋に、しみじみと向き合う心境が偲ばれる。

## ねがいは一つ、ころり往生

最晩年の日記（昭和十三年一月九日）には、遺書について言及したこんな記述もみられる。

私が若し昨日今日のうちに自殺するとしたならば、そして遺書を書き残すとしたならば、こんな文句があるだろう。――

枯木も山のにぎわいという、私は見すぼらしい枯木に過ぎないけれど、山をにぎわさないでもあるまいと考えて、のんべんだらだら生き存らえていたが、もう生きていることが嫌になつた、生きてゆくことが苦しくなった、私は生きて用のない人間だ、いや邪魔になる人間だ、私が死んでしまえばそれだけ自他共に助かるのである。

枯木は伐ってしまえ、若木がぐいぐい伸びてきて、そしてまた、どしどし芽生えてきて、枯木が邪魔になる、伐って薪にするがよい。

そこで、私は私自身を伐った。

（「其中日記」昭和十三年）


前日から身心不調であった。

その前日の日記には、「私は肉体的には勿論、精神的にも死の方へ歩いている、生の執着は死の誘惑ほど強くない」と書かれている。

生きたくもないが死にたくもないと語っていた山頭火であったが、人生の晩秋を迎え、死へのバイアスがかかり始めたのだろうか。

そして、次の日には

臥床、しみじみ死をおもうねがうところはただそれころり往生である。

という言葉が見られる。

この、「ころり往生」は、山頭火のかねてからの願いでもあったようで、その日記の中にしばしば登場する言葉である。

「三八九」第壱集では、「私は二つの念願を抱いている」と書き、その一つはできるだけ感情を偽らずに生きることであり、第二の念願として、死ぬるときには端的に死にたい。俗にいう「ころり往生」を遂げることであると書いている。

まさに、「ころり往生」は、山頭火の切なる願いでもあったのだ。

そして、「ころり往生」という言葉とともに、自殺という言葉や、ほがらかな自殺などという独自の言葉が、その日記に綴られたこともあった。

酒、酒、そして酒だ。

面白くないから飲む、飲めばきっと飲みすぎる、いよいよ面白くないから、ますます飲む、――これを循環的に繰り返して転々するから、末は自殺しかない（その自殺はほがらかな自殺であらうが）。

現在の私に望ましいものがあるとするならば、それはころり往生だ。

（「其中日記」昭和九年）

## 鳥や虫のように死にたい

山頭火は、同じく放浪の俳人、尾崎放哉に深い敬慕の情を抱いていた。東大法学部卒という経歴にありながら、勤めた企業を酒癖の悪さ故に早々に退職し、酒に浸り、各地を転々とし、句作に没頭しつつ、山頭火と同じ自由律の俳句一すじの道を貫いた俳人である。放哉は山頭火とほぼ同世代であったが、四十一歳という早世であった。

その終焉の地が香川県小豆島の西光寺奥之院の南郷庵であった。山頭火にとっては、生前一度も会う機会のなかった放哉の墓参がかねての念願であったが、昭和三年に、ようやくそれが実現した。

墓参を果たした山頭火は、放哉の「咳をしても一人」に和したと思われるこんな句を遺している。

鴉啼いてわたしも一人

山頭火は、かねてからその放哉の生き様と死に深い思いを寄せていた。

放哉書簡集を読む、放哉坊が死生を無視（敢て超越とはいわない、彼はむしろ死に急ぎすぎていた）していたのは羨ましい、私はこれまで二度も三度も自殺を図ったけれど、その場合でも生の執着がなかったとはいいきれない（未遂におわったのがその証拠の一つだ）

（「行乞記」昭和七年）

私はだんだんアルコール中毒になりつつあるらしい、すこし手がふるえだした、アルコールがきれると憂欝を感じる。

自然的自殺、こういう事実はザラにある、放哉の死もそうだつた、私もそうなりつつあるらしい。

（「其中日記」昭和八年）

興味深いのは、このころの日記には、

明るいさみしさ

すなおな死

明るい空しさ
ほがらかな憂鬱

などの、このころの山頭火の心境を記した独自の表現が見られる。先の「ほがらかな自殺」と同様、自殺、さみしさ、死、空しさ、憂鬱などの、常識的にはネガティブな言葉に、ほがらかな、あかるい、すなおな、などの肯定的な修飾語を重ねた語り口に、独自の味と深みがあるように思われる。

死やさみしさや憂鬱を丸ごと受け止めて、生きていく逞しさ、その先の願いが、ころりい往生なのである。

山頭火の日記には、先に述べたように、「ほがらかな自殺」のほか、「自然的自殺」という言葉もみられる。

さらにもう一つ、山頭火が志向した死のかたちは、「鳥や虫のように死にたい」ということであった。

最晩年（昭和十四年八月二十六日）の日記から。

つくづく思う、人間の死所を得ることは難いかな、私は希う、獣のように、鳥のように、せめて虫のようにでも死にたい、私が旅するのは死場所を探すのだ！　（「其中日記」）

山頭火は老いや死を率直に受け止め、自身の望ましい死とは何かについて真摯に向き合った。

ころり往生、ほがらかな死、自然的自殺、鳥や虫のような死など、さまざまな死のかたちを問い続けている。

いま、私たちが生きるこの時代、「いかに生きるか」という問いとともに、「いかに死ぬか」ということが、大きな課題として突き付けられている。

また、私たちは時として得も言われぬ不安感、鬱屈感、閉塞感、不透明感に襲われることがある。そんな気分に襲われ、そして時には死の予感すら感じることがあるだろう。

とくに、生き辛いこの時代を生きる中高年の人々や、長い老後を生きることになる高齢者たちにとっては、生と死という問題は切実な課題といえる。

そんなとき、山頭火の言葉や老いや死への向き合い方には、私たちに深く問いかけるものがあるように思われるが、どうだろう。

# 第九章　旅の終わりに

## ～わが人生に悔いなし、と歌いたい

## 静かにしてさみしからず、貧しうしてあたたかなり

振幅の大きい日々をおくる山頭火ではあったが、時折訪れる好日を素直に喜び、味わった。平凡ではあるが、おだやかで平和な落ち着きの日々が、何より貴重なものと思えたのであろう。

日々好日に違いないが、今日はたしかに好日だった。
春あを〳〵とあつい風呂
此宿は見かけよりもよかった、町はずれで、裏坐敷からのながめがよかった、遠山の姿もよい、いちめんの花菜田、それを点綴する麦田（此地方は麦よりも菜種を多く作る）、その間を流れてくる川一すじ、晴れわたった空、吹くともなく吹く風、馬、人、犬、——すべてがうつくしい春のあらわれだった。
（「行乞記」昭和七年）

昭和七年、福岡県西部、前原、加布里あたりを歩いた時の日記である。

良い日、よい食欲、そしてよい睡眠、それさえあれば、ほかに何もいらない。
「すべてがうつくしい春」とあるように、日々是好日の幸せの旅が続く。

今日の道はよかった、いや、うつくしかった、げんげ、たんぽゝ、きんぽうげ、赤いの白いの黄ろいの、百花咲きみだれて、花園を逍遙するような気分だった、山もよく水もよかった、めったにない好日だった（それもこれもみんな緑平老のおかげだ）、朝靄がはれてゆくといっしょに歯のいたみもとれてきた。（注、木村緑平は俳友で、山頭火の支援者でもあった）

（「行乞記」昭和七年）

生きる喜びは、何か特別のことにのみあるのではない。むしろなんでもない一日一日、その平凡な日常の中にあるのだ。山頭火は「その日その日――その時その時を充実してゆくことが一生を充実することである」とも語っている。幸せは、すぐ近くにあるのだ。せわしなく生きる現代人にとって、そして、長い老後の日々を持て余している人々にとって、銘じたい言葉である。

山頭火はその句の中で、自然や四季を愛で、それと共に過ごす日々の喜びを数限りなく詠んでいるが、その中から例えば山と雪をうたった句や言葉を抜き出してみる。

山の色澄きつてまつすぐな煙
人の声して山の青さよ
山ふかくして白い花
山しづかなれば笠をぬぐ

西洋人は山を征服しようとするが、東洋人は山を観照する、我々にとっては山は科学の対象でなくて芸術品である、若い人は若い力で山を踏破せよ、私はじっと山を味わうのである。

（「行乞記」昭和五年）

山頭火にとって、山という存在は大きかった。その日記には、「山を観る」「山を楽しむ」「山を味わう」などの記述が随所に見られる。

そしてもう一つ、雪である。

雪がつんでいる、そして雪がふる、（中略）
雪そのものを味うた、雪そのものを詠いたい。
よいかな、雪の水仙、雪の小鳥、よいかな。
しずかにしてさみしからず、まずしうしてあたたかなり、
いちにち雪がふったりやんだり、そしてよい一日だった。

（「其中日記」昭和八年）

また、この日の前後には多くの雪の句を詠んでいる。

雪のしづけさのつもる
雪空、わすれられたざくろが一つ
雪ふりつもる水仙のほのかにも

庵中独臥、読書三昧。
今日もおだやかな一日だった、日々好日の境地へはまだ達していないけれど、日々が

悪日でない境涯ではあると思う。

（「其中日記」昭和十年）

些か山と雪の句に拘ったが、山頭火はそのほかの四季折々の風物と親しみ、対話し、その自然の中で生きる喜びと感懐を詠んでいる。

先にもふれたが、まさに人生の愉しみは、非日常の世界にだけではなく、むしろ日々の平凡な暮らしや季節の移ろいの中にあるといえる。

たとえば四季の移ろいを、人はただ鑑賞しているだけでなく、そこで自然と交感し、語り合っているともいえる。

先に山頭火がギッシングの『ヘンリ・ライクロフトの手記』を読み耽ったことを書いたが、一方で山頭火はアメリカの思想家・詩人、H・D・ソローの著書にも親しんだ。昭和九年十二月十七日の日記には、「『ヘンリ・ライクロフトの手記』をようやく読みおえて、『ワルデン』を読みはじめる」とある。『ワルデン』とは、ソローの『ウォールデン　森の生活』のことである。

ソローは、二年間のウォールデンの森での生活の中で自然が与えてくれた感動を克明に綴っているが、そこでは自然を、「この上なく親切でやさしい、けがれのない、心の励みになる交際相手」であるとし、「自然のまっただ中で暮らし、自分の五感をしっかりと失わないでいる人間は、ひどく暗い憂鬱症にとりつかれることなどあり得ない。……四季を友として生きるかぎり、私はなにがあろうと人生を重荷と感じることはないだろう」と書いている。

ソローにとって、それはかけがえのない贅沢な時間であったといっていいだろう。

私たちは敢えて人里離れた自然の中で暮らすことはない。身近な自然と素直に向き合えばいいのだ。自然はその向き合い方によってさまざまに応えてくれる。季節の移ろいは自然への感動だけでなく、自然への畏敬の念も育ててくれる。四季を愛でるということは自分自身が豊かになることだともいえる。四季の移ろいと付き合う楽しみは、そうした内的な深みを持つものであるのだ。私たちがこれまで当たり前のこととして見過ごしてきたものの中に「贅沢な時間」を発見することができるのだ。

山頭火の句や言葉には、そんなメッセージが込められているように思う。

先に、山頭火がギッシングに深く共鳴しつつ、その著作に親しんだことについてふれたが、ソローと山頭火の間にも、どこか響き合うところがあるように思われてならない。

凡々たる日常の中に、至福の時間を見出す――そんな喜びを、現代人である私たちは見失っているように思う。ひたすら走り続け、立ち止まることを忘れてしまってはいないか。その、走り続けた人生に一区切りつけた後も、例えば定年後など、走る人生に完璧に決別しえない、落ち着きの悪さを感じてしまう。カルチャーセンターもよかろう、ジムもよかろう、グルメ三昧もよかろう、ただ、すぐ近くにある幸せの時間を、それと気づかずに通り過ぎてゆくのも、残念に思えてならない。

日々をスローに生き、自然と深く対話する、そんな充足の時を、何とか取り戻し、確保したいものと思う。

## ともかくも生かされてはゐる雑草の中

日々是好日は生きていることの喜びであるが、それは自ら作り出していくものでもあろうが、一方でおのずから感じられるものともいえるのではないか。それは、いわば何かに生かされているという実感、感謝から生まれるものではないだろうか。

——おかげさまで、——といふ言葉は尊い、私たちが飲食するのも読書するのも散歩するのも、すべて生きものが生きているのは、みんな何かのおかげである、その何かに感謝し報恩したいと努めることに人生の意義がある。

（「其中日記」昭和十二年）

山頭火は、「生きているのは何かのおかげ」という報恩の思想を忘れてはならないという。それは単に仏への報恩にとどまらず、もっと深く、「生かされている自分」を感じることにつながるものであるはずだ。

この山頭火の言葉が記されたのは、昭和十二年の日記である。それからおよそ八十年余り後の今、私たち現代人は、ウイルスへの恐怖や環境問題など様ざまな課題に直面している。それをもたらした一因に、自然の中で生かされている自分という謙虚さを失った現代人の驕りがあるのではないか。

経済優先、豊かさへの過信と誤解、効率至上、成果主義、自己中心、そうした価値観を優先して邁進してきた時代への付けが、露わになったのである。

生かされている自分に気づくこと、そのことの意味を、山頭火の詩や言葉は気づかせてくれるようだ。

わびしく生かされてはゐる水も濁つて

ともかくも生かされてはゐる雑草の中

生かされている自分を自覚し、あるがままに生き、ひとりを楽しみ、自然と対話しつつ生を営む、山頭火はそれを、味わう、楽しむ、遊ぶ、というキーワードで語り、それが人生というものだと、次のようにいう。

味わう、楽しむ、遊ぶ——それが人生というものだろう、それ自体のために、それ自体になる——それがあそびである、遊行といふ言葉の意義はなかなかに深遠である。

（「其中日記」昭和九年）

その日の句。

たゝずめば山の小鳥のにぎやかなうた

枯草に落ちる葉のゆふなぎは

ゆくほどに山路は木の実のおちるなど

それぞれを味わい、楽しみ、遊ぶのだ。それこそ人生か。遊行《ゆぎょう》とはもともと僧が各地を巡り歩いて修行または教化するという意味であるが、山頭火の語る遊行という言葉はもっと広く、深いように思う。

「生かされている」という謙虚さを失った私たちは、そんな余裕を失ってしまったのか。幸せや人生の喜びは、すぐ近くにあるのだが……。

山頭火の、自分を包み、生かしてくれる自然への感謝を詠った句には際限がない。

そして、ある日の日記には「山はしずかにして性をやしない、水はうごいて情をなぐさむ」と記す。

先にも書いたが、このせわしない時代に生きる私たちは、とかく、この自然の与えてくれる感動を忘れがちである。しかし、その急ぎ足を止めて自然に向き合うとき、誰しもがその喜びを取り戻す。当たり前のことが、新鮮な感動を呼び覚ますのだ。

いまわたしの住んでいるところは、武蔵野のほぼ中央部にある。都心まで電車で二十分という利便さで、都市化が進んだとはいえ、この辺りは未だ武蔵野の面影が残り、四季折々の装いが眼を楽しませてくれる。

眼の前のもうほとんど手の届きそうなところに浅間山（「センゲンヤマ」と読む）の緑が広がり、そのすぐ右手には府中の森公園が連なる。少し足を延ばせば、巨木の連なるケヤキの並木や、武蔵野公園や野川公園という広大な緑がある。そこには曾ての武蔵野の面影を偲ばせる懐かしさがある。

眼を西に転ずると、丹沢の山並みの向こうに、富士の姿を望むことができる。秋から冬にかけての、山並みの姿と澄みきった空の風景はまことに味わい深い。とくに夕日が傾き、山並みの背後にその姿を隠すころは、刻々と空の色が変わり、富士と山並みがシルエットになり、茜色を背景にしたその陰が濃さを増していくころ、時を忘れて見入ってしまうことがある。

そんなとき、天地の営みの深さに思いを馳せ、厳粛な気分に浸り、人間もまたその自然の中で生かさているのだということを深く実感するのである。

## 明日は明日の風が吹こう

生かされているこの人生の日々をいかに生きるか。山頭火は何より、いま、いまというこの時間を大切に生きること、今を生きることの意味を強調する。過去や未来のために、現在を犠牲にすることほど愚かなことはないという。

過ぎし日への悔恨と、明日への不安は、先行き不透明のこの時代、誰にでもあるだろう。しかし、そうした時代であるからこそ、今日という日を大切に生きたいのだ。

山頭火は、そのことを繰り返し記している。

過去に対する悔恨と将来に対する危惧とによって、現在の充実を没却するほど、真面目な、そして無意味なことはない。

（「層雲」大正三年二月号）

そして、私は期待しない、明日よりも今日である、昨日よりも今日である、今の今、これが一切だ、と書く。

いまを充足して生きる、明日は明日の風に任せればいいのだ。

清流まで出かけて、肌着や腰巻を洗濯する、顔も手も足も洗い清めた、いわば旅の禊である。こらえきれなくて一杯ひっかける、高いと思うたけれど、漬物を貰い新聞（幾日ぶりか！）を読ましてくれたから、やっぱり高くはなかった。明日は明日の風が吹こう、今日は今日の風にまかせる、……好日好事だった、ありがたしありがたし。

（「四国遍路日記」昭和十四年）

ここで泊らう草の実払ふ
ついてくる犬よおまへも宿なしか
明日は明日の事にして寝るばかり

今日は今日を生きるのだ。明日のことはわからない。気ままに歩き、自在に句を詠む。また、晴耕雨読を楽しみ、不足も余剰もない生活、それが本当の生活だ、と語る。

そして、死の二か月ほど前、終の棲家である松山での日記にはこう綴る。

昨日は昨日の風が吹いた、今日は今日の風が吹く、明日は明日の風が吹こうではないか。今日の今を生きよ、生きぬけよ。

（「一草庵日記」昭和十五年）

そういえば、亀井勝一郎に、こんな言葉もあった。

「明日は」「明日は」と言いながら、今日という一日をむだにすごしたら、そのひとは「明日」もまた空しくすごすに違いありません。

（『愛と結婚の思索』）

## 人生はラッキョウのようなものだ

そして山頭火は、人生について、「人生はラッキョウのようなものだ」「人生は過程だ」という興味あるフレーズを遺している。

ラッキョウを食べつつ考へる（中略）、

人生はラッキョウのようなものだろう、一皮一皮剥いでゆくところに味がある、剥いでしまえば何もないのだ、といってそれは空虚ではない、過程が目的なのだ、形式が内容なのだ、出発が究竟（究極＝筆者注）なのだ、それでよろしい、それが実人生だ、歩々到着、歩々を離れては何もないのが本当だ。（ラッキョウを人生に喩えることは悪い意味に使われすぎた）。

（「其中日記」昭和九年）

人生は過程だという気がする、生から死への旅である、事の成ると成らないとは問題でない、どれだけ真実をつくしたか、それが問題だ。

尽人事俟天命、あしたに道をきけばゆうべに死すとも可なり、——ここに安心決定の鍵がある。

（「其中日記」昭和九年）

この言葉は深い。今、私たちの人生は、急ぎすぎではないのか。先を見すぎて今を大切にしない。未来のために現在を犠牲にしていないか。急げ、急げ、早く、早く、結果を出せ、業績を挙げろ、子供のころから、大人に至るまで、そんな言葉に脅迫される。その日その日、今というこの時こそ、大切にしなければならないのに……。

そんな時、「人生はラッキョウのようなもの」「人生は過程だ」というこの言葉が新たな気づきに誘う。

急ぐな、焦るな、無理するな、そのままでいい、……山頭火は温かく語りかける。

もちろん、受験や仕事の成果主義から解放されることは至難の業だ、ただ、時折立ち止まって、山頭火の言葉をかみしめる、そんな時間があってもいいのではないか。

山頭火は過程にこそ生きることの意味があるという。

ゲーテの次の言葉は、まさに山頭火のこの言葉と響き合っているように思われる。

人生において重要なのは生きることであって、生きた結果ではない。

これは先に引いたゲーテの「目標に通じる歩みではなく、一歩一歩が目標だ」という言葉とも重なる。

人生の終着駅が見えてきたとき、結果のみにこだわるとき、後悔や未練に引きずられる。しかしそうではなく、ここまで生きてきたこと、その人生の日々それぞれに意味があり、それに感謝する気持ちを忘れない、そして掛け替えのない今を大切に生きることも重要だ。

「人生はラッキョウのようなものだ」「人生は過程だ」――忙《せわ》しなく生きる私たち現代人にとってなかなか示唆的な言葉である。

## 旧道を歩く人生、それが私の生き方

生々流転、雲の如く行き、水の如く歩み、風の如く去る、それが山頭火流人生であった。そしてまた、従容として流れるままに生きる、焦らずに、偽らずに生きる、それが山頭火の生き方の根底にあった。

それはスピードと効率を求めて開発された新道よりも、自分の脚で自分の歩幅で歩ける〝旧道を歩く人生〟といってもいい。

『旧道』

新道はうるさい、おもむきがない、歩くものには。
自動車が通らないだけでも旧道はよろしい。
旧道は荒れている、滅びゆくもののうつくしさがある。

水がよい、飲むによろしいようにしてある。
山の旧道、水がちろちろ流れるところなどはたまらなくよい。

（「其中日記」昭和九年）

旧道を歩く人生、……日々、忙《せわ》しなく、喧騒に満ちた新道を歩かざるを得ない人生ではあっても、時折旧道に逸れること、ペースをスローに切り変えること、時折ギアチェンジをしてみること、それが、いまわたしたちにとって必要なことではないのか、そんなことを考えさせる山頭火の言葉だ。

〝急がない人生〟である。

これまでも幾度かふれたが、山頭火は、その独自の生き方から紡ぎ出した人生哲学とでもいうべき言葉をいくつも遺している。その二、三を引いておきたい。

人生――生活は、長い短かいが問題ではない、深いか浅いかに価値がある。

世間体や慾で営まれる世界はあまりに薄っぺらだ。

義理や人情で動く世界もまだまだ駄目だ、人間のほんとうの世界はその奥にある、そこから、ほんとうの芸術が溢れ流れてくるのである。

金持の君は、金さえあれば買われるものを買うのもわるくあるまい、貧乏な私は金では買えないものを求めるのもよかろうではないか。

（以上、いずれも「其中日記」昭和十年、より）

はじめの言葉は早世の作家中島敦の、「人生は何事もなさぬにはあまりにも長く、何かを生み出すにはあまりにも短い」という言葉を思い出させる。人はその運命には逆らい難い。然るがゆえに、一日一日の重さを、しっかり噛み締めたいと思う。

その次の言葉は、漱石の言葉「智に働けば角が立つ。情に棹させば流される。意地を通せば窮屈だ。とかくに人の世は住みにくい」を思い出させる。本当の世界、本当の芸術、そして本当の自分の人生とは何かを考えさせる。

三番目の言葉は、かつてバブルといわれた時代とその後を見通したような言葉でもある。

人生にとって本当に大切なものは何か、それが問われたし、そして今でも問われ続けている課題である。

いずれも、山頭火自身が先に語った「旧道を歩く人生」と、どこか響きあっているように思われる。

世間体や金や欲、名誉、義理、人情……、そういったものから解放されるとき、本当に大切なものが見えてくる。人生には金で買えない大切なものがあるはずだ。

## 帰家穏座、ようやく辿りついた終の棲家

山頭火は先に、人間のほんとうの生活からほんとうの芸術が生まれてくる、と語っていたが、しばしば山頭火の言葉には、人生一般について語りつつ、その根底には自身の芸術観が語られている。

人生とは何か、それは持って生まれたものを打ち出すことだと思います。その人のみが持つもの、その人のみが出し得るものを表現することだと信じます。

私は私を全的に純真に打ち出し表現する——ここに、ここにのみ私のゆく道がありま
す。

（昭和九年十一月二日、木村緑平への手紙）

人生とは持って生まれたものを打ち出すこと、と語るとき、山頭火の場合、それは芸術であり、作品であり、句であるといえる。

そして私たち普通の人間にとっては、それは、時代を支配する価値観、世間体や、義理や人情、慣行や常識、そんなものから少しばかり距離を置き、本当の自分らしい人生、自分の人生の物語を紡ぐことといえるのではないか。

そして、第三句集『山行水行』では、仏教でいう「帰家穏座」ともいうべき心境に達した思いをこう書き記している。

私はようやく「存在の世界」にかえってきて帰家穏座とでもいいたいここちがする。
私は長い間さまようていた。からだがさまようていたばかりでなく、こころもさまようていた。在るべきものに苦しみ、在らずにはいられないものに悩まされていた。
そしてようやくにして、在るものにおちつくことができた。

そこに私自身を見出したのである。

（『山行水行』昭和十年）


人生とは持って生まれたものを打ち出すこと、という先の言葉と重なるところがあるように思う。ようやく「着地」が見えてきたのか。

「帰家穏座」とは、『禅語』にある言葉で、帰家とは帰郷、帰還という意味も含めて、ようやく帰るべきところに帰ってきたということ、そして穏座とはくつろいだ席という意味である。

もっと深くは、人が本来自分に備わっている仏性に立ち返ることを意味しているが、ここには、長い人生の旅路のあと、ようやく終の棲家に辿りついたという安堵感も感じられる。

放浪行乞と庵住の繰り返しの波乱の人生であった。

そして、山頭火はその最晩年を松山で過ごすことになる。昭和十四年暮れには松山時代の山頭火を支え続けた高橋一洵や藤岡政一の友情と計らいで松山市御幸町の御幸寺の境内に草庵を求め、それを「一草庵」と名付ける。そこが終の棲家となったのである。

終焉の年となる昭和十五年一月には、一草庵で結成した句会「柿の会」の初句会を開催する。その後これまでの句集を集成した一代句集『草木塔』を刊行し、山口、九州、四国を回り、旧知の人々や同人たちにこれを配布して歩く。忍び寄る最期を予感したような、句集の発行と、旧友たちへの旅であった。

おもひでがそれからそれへ酒のこぼれて

その年の十月十日夜、一草庵にて句会が開かれたが、病に臥していた山頭火はこれに参加せず、隣室で眠っていた。やがて句会は散会し、参加者たちはそれぞれ帰宅した。

そして、翌十一日の早朝（推定時刻午前四時）に死亡、死因は心臓麻痺と診断された。山頭火念願の、ころり往生であった。

辞世となった一句。

もりもり盛りあがる雲へあゆむ

# 終章　なぜ、いま山頭火なのか

〜この、やさしくない時代を生きる人々へ

没後八十年、なぜ、今もなお、山頭火が人々を惹きつけるのか。甘えとだらしなさで「どうしようもない」生きざまを見せながら、しかし自分を見つめ、自分の人生を自分のペースで自由に生き、そしてまた人生の矛盾に真摯に向き合いつつ、膨大な句や日記を遺したこの漂泊の俳人の生き方には、現代に生きる私たちに深く語りかけてくるところがあるように思われる。

私の日頃の散策路でもある多磨霊園を歩いていた時、とてもユニークな墓碑に出会った。その墓碑の正面には大きく、

**ゆるり**

と刻されていた。

どこか気になる言葉に出会い、思わず立ち止まった。ほかには何も刻されていない、ただ「ゆるり」の文字のみが、親しく語りかけてくるようだった。

どことなく故人の送った、〝我が道を行く人生〟が偲ばれるのであった。

そして、こんな言葉を遺した人に一度会ってみたかったという思いに駆られたのである。

羨ましくもあり、凡俗にはなかなか真似できそうにもないが、しかし心に残る言葉であった。

あくせくと生きるこの時代の日々にうんざりしているとき、どこかホッとさせられたのだ。

この、喧騒に満ちた時代、「ゆるりと参ろう」と自身のペースを大切にし、たまには世間や常識から「半歩下りてみる」こともあってもいいかもしれない。

そこには、得がたい非日常のひと時があるように思われる。

こんな言葉に出会えた日は、なんとなく心豊かになるのであった。

見上げると、人間に比べれば比べようもない年輪を重ねた、蒼天に向かって聳え立つ巨木が、励ましてくれるようにも思えた。

ふと気が付いた。もしかしたらこの「ゆるり」とは、まさに山頭火の語った、あの〝旧道を歩く人生〟に通じるものであるかもしれないと。

旧道を歩く人生、それはスピードと効率を求めて開発された新道を忙《せわ》しなく急ぐ人生ではなく、世間の喧騒から離れた旧道を自分の脚で、自分の歩幅で歩く、急がない人生であった。

多磨霊園の墓碑から、もう一つ。

それは横長の洋型の墓碑一面に大きく、

**泡沫**

と刻された墓石である。

この文字が目にとまったとき、一瞬ハッとした。活字になった文字ではなく、墓碑全面に大きく刻されたその文字には、独自のオーラがあった。

なんと味わい深い言葉だろう。

この世はすべて泡沫のごときものだと読むか、あるいは我が人生は取るに足りぬ泡沫のようなものだった、と読むのだろうか。

やはりこうして墓碑に刻むということは、故人の人生観なり辞世なりを映しているものと考えたいのである。墓碑一面に大きく刻されたこの文字に対面していると、故人の送った、素晴らしき泡沫の人生が偲ばれるのであった。

〝泡沫の人生〟といっても、そこには悲嘆や諦観のイメージは微塵も感じられない。墓碑に直接対面していると、むしろこの人生を、世間や常識にこだわることなく自分の人生として堂々と生きて来たのだという、充足感のようなものを感じてしまうのであった。

「泡沫」の墓碑に出会い、さまざまに思いを回らしていると、いつしか、自らを〝雑草〟、〝泡沫〟と任じ、また、その人生の日々に出会った数々の泡沫たちにやさしい眼差しを注ぎ続けた山頭火のことを思った。

山頭火は、見捨てられた雑草や虫や鳥たち、そして社会の底辺で生きる人々や雑多な行商などで身過ぎ世過ぎをしている世間師たちに温かい眼差しを投げかけた。雑草を詠った句の多さには驚くばかりであり、自らを「雑草的存在」「雑草的生活者」と語り、また「私と雑草とは一如」とも記している。それは自らを雑草に擬して、〝泡沫〟と語っているようにも思える。

また放浪の途次、木賃宿に同宿する数多くの世間師たちと交わり、彼らの話に耳を傾け、記録した。山頭火は彼らの話を「興味津々」と語り、彼らを「強気の弱者」「憎めない人間」「人間味たっぷり」と語り、そして「人間が人間には最も面白い」と書く。山頭火の眼差しと言葉には、見捨てられた者、社会の底辺で生きる人々、いわば〝泡沫〟への共感が色濃く滲んでいる。

そんな山頭火の眼差しのやさしさが、このやさしくない時代に生きる人々を惹きつける所以のひとつとも言えようか。

生き辛いといわれる現代、私たちを取り巻く環境はますます複雑化し、変化は急速に進行し、人間が置き去りにされている。緊迫する国際関係、劣化する政治、荒廃する世相、人間を大切にしない社会システム、組織、パワハラ、見捨てられ、切り捨てられる弱者、そして、人それぞれが抱える人間関係の鬱陶しさ、家族をめぐる様々なトラブルや悲劇、深刻な感染症への恐怖など、一向に明るさを見出せない不透明な時代である。

人々はそうした時代や環境からの脱出を試みようとしても、その手立てもないし、それぞれの抱えている事情が、その決意を鈍らせる。

しかし、座標軸を変えて、も一度自身を見つめ直してみよう。

先にふれたように、あるがままの人生は、豊かさを追求する過程でわたしたちが忘失した重要な視点ではないか。いま求められているのは、この時代の支配的な価値観や物差しを超えた、本当の自分の人生を生きていく上でのもう一つの座標軸ともいうべきものを取り込んだ、より深い複眼的な生き方ではあるまいか。

そんな時、あの山頭火の生きた姿やそこから紡ぎ出された句や言葉が、静かに、そして深く沁みわたってくる。

矛盾と欺瞞に満ちた日常から、そしてそこに生きる息苦しさから、半歩でも一歩でも踏み出したい、そんなひとびとの心情の深みに、山頭火は親しく寄り添い、語りかけるのだ。

最後に、この生き辛い時代に生きる人々に語りかける、二つのトピックスについて、ふれておきたい。

一つは、先にも少しふれたが、NHKテレビ「濁れる水の流れつつ澄む〜山頭火　魂の言葉〜」のメッセージである。この番組では、そんな、いわば〝人生の壁〟にぶつかり、山頭火の句に出会って救われた人々の言葉がいくつか紹介されている。その一つを引いておきたい。

ある男性は、就職した当時、仕事に生きがいを持って充実した毎日を送っていたが、転勤をきっかけに、職場の人間関係もうまくいかなくなり、職場に行けなくなった。医師からはうつ病を診断され、自らを責め、自殺を考えるようになった。その時立ち寄った図書館で山頭火のある句に出会った。

生死《しょうじ》のなかの雪ふりしきる

降りしきる雪のなかを、そして生死の境をひたすら歩きつづけている自身を詠んだ山頭火。

男性は、その山頭火とこの句に出会い、衝撃を受けた。そして半年後に職場に復帰することが出来た。職場に行くのが辛いと感じたとき、いつも山頭火が背中を押してくれるという。

（二〇一二年十二月二十四日放送、ネットより引用）

生死の問題は人生の大問題である。山頭火は生涯この問題を問い続けた。その前半生も様々な艱難に遭遇したし、その後もまた厳しい試練に向き合った。

山頭火もそうだが、人は誰しも艱難や苦しみに遭遇しつつ、人生の四苦といわれる生老病死という問題と向き合いつつ生きていかねばならないのである。

この番組では、ほかにも山頭火に出会い、希望や生きる力を与えられたという人々が紹介されている。

自分は独りではない、——そんな力強いメッセージを、山頭火の句や言葉が与えてくれるのだろうか。失意や不遇、あるいは思うに任せない日々に、山頭火が寄り添ってくれるのだ。

世間や常識から距離を置き、ある時は奇人ともいわれた独自の道を歩んだ一人の俳人の生きた姿や遺した句が、没後長い歳月を経て、いまこの時代に生きる人々に寄り添い、語りかけるのである。

もう一つは、時代の最先端で活躍する、アメリカの女性ジャーナリスト、アリアナ・ハフィントンの言葉である。

アリアナ・ハフィントンは一九五〇（昭和二十五）年生まれ。世界に展開する、人気のインターネット新聞（ニュースサイト）「ハフィントンポスト」の創設者で、「世界で最も影響力のある百人」にも選ばれ、雑誌の表紙を飾るなど、華麗な成功者として知られる人物である。

ハフィントンはこう語っている。

「社会における成功の概念は金と権力に集約されてしまった。でも長い目で見ると、金と力だけでは二本足の椅子のようなもので、たとえ短時間バランスが取れても、最終的には倒れてしまいます。妥協する人生でなく、生きる価値ある人生を手にいれるには、〝サード・メトリック（第三の価値観）〟が必要です。それは健康《ウエルビーイング》、知恵《ウイズダム》、不思議《ワンダー》、思いやり《ギビング》、この四つを柱とする新たな成功です。

私がそう考えるようになったきっかけは、長年、古い成功の定義に縛られたあげく、二〇〇七年に痛烈な一撃を食らったことでした。睡眠不足と過労で昏倒した私は机に頭部をぶつけ、頬骨を折ったのです。このとき以降、私は生き方を大きく変えました。その結果、手に入れたのは、ひと息つく時間と深い視点を持つことのできる充足度の高い生活でした。

金と力で定義するなら私の人生は大成功。でも、正気で定義するなら、とても成功とは呼べなかった」（「考える人」二〇一六年春号）

ハフィントンは、現代において、「成功」とは何かを問いかけている。その言葉は、現代においては、〈金と力〉よりももっと大切なものがあることを物語っている。

こうした、時代の最先端をトップギアで走り続けた人物が到達した偽らざる心境を物語る言葉が、いま、この時代を生きる人々に様々な示唆を語りかけているように思われるのだ。

ハフィントンの語った「サード・メトリック（第三の価値観）」「妥協する人生ではなく、生きる価値ある人生」「一息つく時間」「深い視点」などのキーワードは、その壮烈な自身の体験から到達した言葉である。

山頭火に戻ると、この、ハフィントンが提起したキーワードやその着地点と、山頭火が折にふれて語った、「無理なく自在に」「ありのままに」「自分の人生」「悠然」「従容」「簡素」「平凡」などという言葉とが、どこかで通底しているようにも思われるのだ。

一見時代や生き方も異なる両極端の人物を結びつけるのは、些か暴走気味の感無きにしも非ずだが、ハフィントンの「妥協する人生ではなく、生きる価値ある人生」という言葉を目にした時、ふと山頭火の「世間や常識に拘らない自分の人生」という言葉を思い出したのだ。このいわば人生観ともいうべき二人の言葉は、この辛い時代を生きる現代人たちの心に強く響くものともいえるように思う。

さらに言えば、「サード・メトリック」（第三の価値観）というキーワードは、先に書いた、「もう一つの座標軸」という言葉にも通じるように思はれる。

今年は山頭火歿後八十年になるという。昭和が去り、平成が終わり、そして令和の時代を迎えた今も、人々がこの漂泊の俳人に深く魅かれる背景には、その従容とした、無理のない自由な生き方への憧憬と、深い矛盾に向き合った生きざまへの深い共感、そして名もなき者、弱き者へ寄せた優しい眼差しなどがあるからかもしれない。

もちろん、山頭火という生き方は、現代ではもう真似することは不可能だし、その必要もない。しかし、その生きた姿や遺した言葉は、静かに心に染み入り、深く届くのだ。

それは、この生き辛い、やさしくない時代を、それぞれの人生の物語を紡ぎつつ生きる私たちにとって、得難い人生の伴走者ともいえる。だからこそ一層、山頭火の自在な生き方とその豊潤な作品に、人々は魅かれ続けるのだろう。

# あとがき

最初の勤め先を定年退職したあと、第二の人生として勤務先の大学のある福岡市にしばらく住むことになった。私にとっては学生時代を過ごした場所であり、ＮＨＫ時代に勤務経験もある懐かしい土地であった。

古書店の親父と知り合った。彼は山頭火の句とその人生についての蘊蓄をさまざまに語ってくれた。もともと山頭火は気になる俳人の一人ではあったが、その話から、この山頭火という不思議な魅力を持つ人物に一層の興味を持った。

山頭火の放浪は広く、九州から東日本、東北、四国にまで至っているが、何よりもその中心は九州、山口、そして四国であった。

私は大学での講義や研究の傍ら、専門領域とは全く違う山頭火関連の資料を集め、また彼の足跡の一部を辿ったりした。その点、福岡という場所は誠に最適なロケーションにあった。

その後東京に転居し、気ままな文筆活動を始めた。

移ろいゆく日々の中で、時折、どこかで山頭火が呼びかける声を聴いた。そして、日々の執筆の傍ら山頭火関連の資料を集めたり、福岡で集めた資料とともに、少しずつ整理したりした。

そして、ようやく山頭火を書いた。冒頭で述べた新書の一冊である。

そこでは、それまでに書かれていない山頭火を書きたいという思いがなんとか果されることとなったし、それなりの反響もあった。しかし紙幅の関係もあり、まだまだ書きたいことが残された。

その際、先行する文献や関連書に学ぶところは少なくなかった。先行書を渉猟していて一つ気づいたのは、さまざまに出版されている関連書の多くが句の鑑賞であったり、評伝風のものであったり、研究書であるということだった。

そして、山頭火の研究者でもなく、俳人でもない私にできることがあるとすれば、それは独自の切り口と今日的視点から読み直すことであった。そして、いつか山頭火について単著を書きたいという思いはずっと引きずっていた。少しずつ資料も加えていった。

他の著作の執筆が相次いでいたため、なかなか実現に至らなかったが、ようやくいま執筆刊行に至った。

山頭火は三十年前、二十年前、そして今と、読むたびに新しく、深い世界に私たちを誘ってくれるように思う。急激な時代の変化の渦中にあって、そして生き辛さがますます加速するいま、本書が、山頭火を改めて紐解いていただく端緒ともなれば、それは筆者にとって望外の喜びである。

仄聞するところによると、山頭火は現代の中学・高校の国語教科書にも登場しているという。尾崎放哉まで取り上げたものもあるという。このことを山頭火が知るとどんな反応を示すだろうか、まことに興味深いことだ。一瞬驚くとともに、困惑しつつ苦笑するのではなかろうか。それはともかく、山頭火が若い感性に少なからぬ影響を与えることがあるとすれば、それはそれで好ましいことだと思う。ただ、彼らが、それで山頭火を学んだということに終わらせず、将来あらためて山頭火を紐解き、更なる感性を磨き、人生や社会を見つめる契機とされることを期待したい。

本書には山頭火の浩瀚な日記や句、そして関連ある文章を多数引用した。その日記や文章などの表記は読みやすさに配慮して可能な限り新字や現代仮名遣いに改めた。句は原文のままである。そして、必要に応じてルビを付し、明らかな誤記・脱字と思われるものには修正を加えたことをお赦しいただきたい。また、各章のテーマに応じて、同じ句が再出するケースがあったこともお断りしておきたい。

本書執筆に際しては多くの方々に謝意を表さなければならない。

取材から執筆にいたるまで協力してくださった方々に深甚の謝意を表したいと思う。

また、本文中で取り上げた文献や、巻末に掲げた参考文献に負うところが大きかったことも、改めて注記しておきたい。

そして、日ごろの気侭な歓談の中で、様々な知的刺激を与えてくれた友人知人たちにも感謝の言葉を捧げたいと思う。とくに執筆に際して親身に相談に乗り、的確な示唆を与えてくれ、背中を押してくれた友人に、深く感謝したい。掛け替えのない大切な友人を持つことの幸せを痛感した。

また、日本芸術院会員で府中市立美術館館長の藪野健さんには、これまでも拙著の扉絵に幾たびか素晴らしい作品を描いていただいたが、今回は扉絵とともに表紙カバーの絵もお願いしたところ快諾していただいた。何よりうれしかったのは、藪野さんが山頭火に深い関心をお持ちだったということである。いつもそうだが、藪野さんとの歓談は実に楽しく、今回もまたそれは極上の時間となった。お描きいただいた絵が、本書にふさわしい素敵な作品となったことに、深甚の謝意を表したい。

そして、編集を担当された春陽堂書店第一編集部長永安浩美さんには少なからぬご教示を賜り、お世話になった。その懐の深さに敬意と感謝を表したい。

今回、多くの文芸書を含め、山頭火の全集をはじめ、山頭火関連の本を多数出版している伝統ある出版社春陽堂から拙著を刊行できたこともまた、大きな喜びである。

今年は山頭火歿後八十年になる。泉下の山頭火は、些か異色のこの本をどのように読んでくれるだろうか。こんな解釈もあるのかと呟きながら、でもやはり令和の時代の人々に読んでいただけることは率直に言ってうれしいよ、と微笑んでくれるのであろうか。

立元幸治

二〇二〇年初夏

武蔵野の新緑が映える東京都府中市の寓居にて

## 参考文献


『山頭火全集』全十一巻　春陽堂書店（一九八六―～九一）
『山頭火の本』全十四巻、別冊二巻　春陽堂書店（一九七九～八〇）
『山頭火全句集』春陽堂書店（二〇〇二）
『山頭火文庫』全五巻、別巻　春陽堂書店（二〇一一、二〇一八）
村上護『山頭火　俳句の神髄』春陽堂書店（二〇〇七）
村上護『山頭火　名句鑑賞』春陽堂書店（二〇〇七）
村上護『山頭火　漂泊の生涯』春陽堂書店（二〇一〇）
金子兜太『種田山頭火――漂泊の俳人』講談社（一九七四）
金子兜太『漂泊三人――一茶・放哉・山頭火』飯塚書店（一九八三）
石寒太『山頭火』文藝春秋（一九九五）
大山澄太『生誕百年山頭火』春陽堂書店（一九八一）
荻原井泉水・伊東完吾編『山頭火を語る』潮文社（一九八九）
松尾勝郎『山頭火――その精神風景』おうふう（二〇〇〇）
植田草介『酔いどれ山頭火』河出書房新社（二〇〇八）

渡邉紘『山頭火百景』春陽堂（二〇一四）
渡辺利夫『放哉と山頭火』筑摩書房（二〇一五）
西本正彦『秘すれば花なり　山頭火』春陽堂書店（二〇一七）
吉田正孝『山頭火の放浪　山頭火への旅』花乱社（二〇一九）
佐藤一斎著、川上正光全訳注『言志四録』講談社（一九七八〜八一）
貝原益軒著、伊藤友信訳『養生訓』講談社（一九八二）
河合隼雄『河合隼雄著作集』全一四巻　岩波書店（一九九四〜九五）
岸田衿子『いそがなくてもいいんだよ』童話屋（一九九五）
吉野秀雄『良寛』アートデイズ（二〇〇一）
渡辺京二『無名の人生』文芸春秋（二〇一四）
古田紹欽『仙厓』出光美術館（一九八五）
立元幸治『墓碑をよむ〜〝無名人生〟が映す、豊かなメッセージ』福村出版（二〇一九）
メイ・サートン著、中村輝子訳『回復まで』みすず書房（二〇〇二）
エッカーマン著、山下肇訳『ゲーテとの対話』上、中、下　岩波書店（一九六八〜六九）
G・R・ギッシング著、平井正穂訳『ヘンリ・ライクロフトの私記』岩波書店（一九六一）
H・D・ソロー著、飯田実訳『森の生活』上・下　岩波書店（一九九五）

**著者**

**立元 幸治（たちもと・こうじ）**

1960年九州大学卒業後、NHKに入局。主に教養系番組の制作に携わり、チーフ・プロデューサー、部長、局長、審議委員などを務める。主な制作番組に「情報と現代」「近世日本の私塾」「明治精神の構造」「日本の政治文化」などがある。NHK退職後、九州産業大学、東和大学などで「メディア論」や「現代社会論」などの講義と研究に携わり、現在は主に執筆講演活動を展開している。著書に『転換期のメディア環境』（福村出版）『こころの出家』（筑摩書房）『器量と人望』（PHP研究所）『貝原益軒に学ぶ』（三笠書房）『東京多摩霊園物語』『東京青山霊園物語』『鎌倉古寺霊園物語』（以上明石書店）『威ありて猛からず　学知の人西郷隆盛』（新講社）『墓碑を読む～無名の人生が映す、豊かなメッセージ』（福村出版）などがある。


---


還《かえ》って来《き》た山頭火《さんとうか》
―いま、私たちに何を語るのか―

二〇二〇年九月二五日　初版第一刷　発行

著　者　立元幸治
発行者　伊藤良則
発行所　株式会社春陽堂書店
〒104-0061
東京都中央区銀座3-10-9　KEC銀座ビル
電話　03-6264-0855(代)
印刷・製本　ラン印刷社



乱丁本・落丁本はお取替えいたします。
本書の無断複製・複写・転載を禁じます。


---


© Koji Tachimoto 2020 Printed in Japan



ISBN978-4-394-90376-5　C0095